風野真知雄

「おくのほそ道」殺人事件

歴史探偵・月村弘平の事件簿

実業之日本社

実業之日本社文庫

「おくのほそ道」殺人事件　目次

第一章　芭蕉庵から始まる

一

警視庁捜査一課の女性刑事である上田夕湖《うえだゆうこ》は、五日間の休暇をもらっていた。今日はその初日で、とりあえず嫌になるまで寝ることにした。

夜十一時に寝て、起きたのは昼の十二時。何年ぶりというくらい熟睡した。ちょっと喉《のど》が痛いのは、まさかいびきをかいていたからでは……、と不安になった。

二階から下に降りると、母親が待ってましたとばかりに、トーストやサラダや目玉焼きを並べたので、食べざるを得なくなった。ほんとは、すぐに買い物に出たかったのだ。

いろいろ愚痴を聞かされるのに適当な返事をし、もうすぐ食べ終わるというこ

ろ、

「ねえ、昔、八丁堀《はっちょうぼり》にいたころ、近所に月村《つきむら》くんていう男の子がいたでしょ？」

と、母親が訊《き》いた。

内心、どきりとした。月村のことはなにも話していない。言えば、うるさくあれこれ訊かれるのはわかっている。

「いたけど、どうして？」

「下の名前、なんて言ったっけ？」

「ええと、弘平《こうへい》くん」

いったいなんの話になるのか、胸がどきどきしている。夕湖は、できるだけ母親の顔を見ないようにして答えた。

「あ、やっぱりそうだ」

「なにが？」

「この前、旅行雑誌を見てたら、歴史の記事があって、書いてる人が、歴史研究家の月村弘平って名前だったの。それで、プロフィルのところに、先祖は八丁堀の同心《どうしん》だったってあるから、もしかしたらあの子かなって思ったわけ」

「ふうん」

少しホッとした。

「あの子、ちょっとぼんやりした子だったよね？」

「そうだっけ？」

「そうよ。あんた、いつも叱《しか》ってたじゃない。登校班のときとか」

「……」

どうしてそういうことを思い出すのだろうか。

「でも、ちゃんとしっかりしたのね。なかなか面白いこと書いてたよ。アメリカの鉄道の歴史について。そういえば、あの子の家って、意外にお金持ちだったんだよね。いや、お金は知らないけど、ビルは自分のところのものだったはずよ。ねえ、夕湖、今度、会ってみたら」

「なに言ってんの」

そのビルの屋上にときどき泊まってますけど、と言ったらどういう顔をするだろう。じつは、明日からの旅行も、月村といっしょなのである。

急いで残りを食べ終え、母親がもう少し話したそうなのを振り切り、家を出てしまった。なにせ愚痴と説教しか言わないのはわかっている。

自宅は西武池袋線の石神井《しゃくじい》公園だが、池袋で済ますか、銀座にしようか迷ったが、銀座まで出ることにした。池袋だと、単にデパートのなかを歩くだけになってしまう。たまの買い物の楽しさを味わうなら、やっぱり銀座だろう。

有楽町で降りて、四丁目周辺に行く前に本屋で『おくのほそ道』に関する本を買っておくことにした。

明日から、月村弘平と合流するのは、松尾芭蕉《まつおばしょう》の『おくのほそ道』を辿《たど》るためなのだ。もちろん夕湖が言い出したわけではなく、月村の仕事がらみの旅に同道することにしたのだった。夕湖は、行き先なんかどこだっていい。月村といっしょに旅するだけで嬉《うれ》しい。

ただ、『おくのほそ道』のことをあまりにも知らないというのは恥ずかしい。芭蕉の俳句のいくつかくらいは知っておきたい。

すぐに初心者向けの解説本が見つかったのでこれを買い、さあ、涼しげなワンピースを探そうと意気込んだところで携帯電話が鳴った。外堀《そとぼり》通りの信号を渡ったところ。

――嘘《うそ》でしょ。

嫌な予感がした。出たくないと思いつつ、相手を確かめると、〈捜査一課第四班七係〉。

出たくなくても出なければならない。なりたくたってなかなかなれない、警視庁捜査一課の女性刑事なのだ。

「もしもし」

「あ、上田か。悪いが休暇を来週に延ばしてもらえるか」

先輩の吉行《よしゆき》巡査部長の声。まったくすまなそうでないのが憎らしい。

「来週ですか」

来週では月村は旅をしていない。一人でおくのほそ道なんか歩く気がしない。たぶん熊《くま》に襲われる。

「深川《ふかがわ》で殺しだ。手が足りん。来てくれ」

「わかりました。深川のどこです？」

「小名木川《おなぎがわ》が隅田川《すみだがわ》に出るちょっと手前。万年橋の下」

「いま、銀座にいますので、すぐに向かいます」

通話を切って、グーグルマップで場所を確かめる。地下鉄大江戸線の清澄白河《きよすみしらかわ》が近い。

有楽町線で月島《つきしま》まで行って、乗り換え。

駅から現場まで歩くあいだに、月村に電話をした。

「あ、月村くん。ごめん」

「え？　なんか、事件、起きちゃった？」

これが初めてではない。何度、待ち合わせをキャンセルしたか。女性刑事と付き合う男ほど可哀《かわい》そうな人はいない。

「殺し」

「それはしょうがないな。なあに、機会はいくらでもあるから、気にするなよ。東京にもどったら電話するよ」

暢気《のんき》な調子がほんとにありがたい。

人だかりや、青いビニールシートが見えて来た。すでにマスコミも駆けつけ、野次馬も集まっている。

吉行の姿が見えないので、制服姿の警官に、

「警視庁捜査一課の上田ですが」

と、警察手帳を見せた。

「あ、お疲れさまです。どうぞ」

と、ビニールシートがめくられた。

橋のたもとが小公園のようになっていて、川岸に下りるための階段がある。た

だ、万年橋の下あたりに行くには柵があって、通行はできないが、いまは梯子《はしご》がかけられ、出入りできるようになっていた。

橋の下に大勢の警察官がいて、鑑識の仕事が終わるのを待っているところらしい。

遺体が川の表面に浮き上がっているのが見えた。

――うわぁ。

思わず、一瞬、目を逸《そ》らす。嫁入り前の若い娘が見るものではない。

遺体はかなり傷んでいる。流されずにとどまっていたのは、重りに縛りつけられていたからだろう。

第七係からは、吉行と大滝豪介《おおたきごうすけ》が来ていた。

「吉行さん」

「おう」

と、手招きした。

「こちらは深川《ふかがわ》署の刑事課長の竹林《たけばやし》さんだ」

伸びた眉毛《まゆげ》に偏屈さと疲れをにじませた五十過ぎの男が、夕湖を上から下まで見て、

「よう、噂《うわさ》の女刑事か。頼むよ」

と、言った。どんな噂なのか。

「帳場は六時ごろに立てるので、それまでうちの高井《たかい》と周囲の聞き込みをざっと
やっておいてくれ」

刑事課長に紹介された、たぶん同じ歳《とし》くらいの男が、

「高井です。よろしくお願いします」

柔道や剣道より、サッカーを少年のころからやってきたという感じだった。

「だいたいのところ、死後、どれくらい経《た》ってます?」

夕湖は吉行に訊いた。

いつごろの犯行なのかがわからないと、近所の人にも訊《たず》ねようがない。

「まあ、一週間は経ってるだろうな。とりあえず、それくらいを目安だ」

「わかりました」

とりあえず、この界隈《かいわい》を回ることにした。

深川と聞くと、ごちゃごちゃした下町を連想するが、この界隈は静かな住宅街
だった。川べりにはマンションが並び、窓からこのあたりが見えるはずである。

誰かがなにかを見ていたか。あるいは、犯人が住んでいるかもしれない。

「深川署の者ですが、一週間くらい前、その橋の界隈で、おかしなできごとはなかったですか?」

おもに高井が声をかける。201号室。若い男。この時間になぜ、家にいるのか。夕湖は高井の後ろからじいっと住人の暮らしぶりを窺《うかが》う。

「なにかあったんですか?」

「ええ。死体が沈められていたんですよ」

「そうなんですか。一週間くらい前?」

「だいたいその前後ということで」

「さあ、とくに覚えていることは……あ、いつだっけか、バイクが何台か、うるさいときがありましけどね」

「バイクが?」

「ええ。いまどき暴走族なんか流行《はや》らないだろうと思って、ちらっと外を見たんですが」

「そこに停《と》まってました?」

「いや、バリバリいわせながら、通り過ぎただけ」

関係ないと思いつつ、いちおうメモをする。

「じゃあ、なにか思い出したら、警察までご連絡ください」

次に向かう。

マンションは留守が多い。いても返事しない住人もいる。チャイムを押して出てくるのは四、五人に一人である。

２０５号室。若い女。

「あ、いまから出かけるんですけど」

「深川署の者ですが、一週間くらい前にその橋の近くでなにか変わったことはなかったですか?」

「変わったこと?」

「じつは、橋の下のところで死体が上がりましてね」

「嘘っ。殺人?　やだ。あたし、やってないよ。刑事さん?　うわぁ、ドラマみたい」

こういうのも我慢して聞かなければならない。刑事は忍耐の日々。

マンションを二棟分、戸建ての家を十軒ほど回ると、そろそろ深川署に向かうころになった。

「こっちは?」

神社の裏の階段に行き当たった。

「そこは公園みたいになってるんですよ」

「ふうん」

階段を上ると、隅田川の風景が広がった。左手前の小名木川が右から流れて来た隅田川に飲み込まれていく。改めて見ると、隅田川はこんなに広かったっけ、と驚くほど。

ヨーロッパあたりにありそうな、青い鉄の橋も見える。

「このあたりのマンションは景色がきれいでしょうね」

「ええ。友だちが住んでますけど、きれいですよ」

「そこ、銅像あるのね」

「松尾芭蕉でしょ」

「え、松尾芭蕉の銅像なんだ」

偶然だった。本当なら、明日から、あなたの足跡を辿るはずだったのに。

「回るんですよ、その銅像」

と、高井が言った。

「回る?」

「そう、ここで写真を撮ったのが、午前五時だったって容疑者がいて、ぼくが嘘を見破ったんです。向きが違うぞって」

「そうなの？」

「嘘です。銅像が回るのは本当ですが。そういう手柄立てるみたいなことないかなと思ってるんですけど」

高井は、刑事には見えない、照れ笑いを浮かべた。

二

歴史研究家の月村弘平は、ヤマト・ツーリストのツアー企画の下見のため、日光東照宮《とうしょうぐう》に来ている。いろんな仕事をするが、雑誌の原稿もセットになったツアー便乗の仕事は、かなり割がよく、月一本のペースで引き受けている。

今回は、初夏の東北を旅するバスツアーで、「おくのほそ道ミステリーツアー」を企画することになったのだ。

ちょうど上田夕湖が五日くらい休暇が取れそうだというので、そのうちの三日ほどを、取材を兼ねた旅をする約束になっていた。だが、さっき夕湖から電話があって、キャンセルになってしまった。楽しみにしていたが、殺人事件とあっては仕方がない。

日光の東照宮。全国におよそ百五十ほどあるのではないかという東照宮の大本である。祀《まつ》っているのは徳川家康《とくがわいえやす》。全国に行き渡ったのは、各藩が徳川幕府におべっかを使って、領国に分祀《ぶんし》したからである。

松尾芭蕉は元禄二年（一六八九）三月二十七日（旧暦）に千住宿《せんじゅ》を出発すると、四日目の四月一日に、ここ日光に来ている。

だが、絢爛豪華《けんらんごうか》な東照宮と、侘《わ》び寂《さ》びの極致とも言うべき『おくのほそ道』とでは、なんとなく相性が悪い気がする。

じっさい、このあたりの『おくのほそ道』の記述は、なんだかおかしいのである。

当時の日光東照宮は、もちろん現代で見られるものと同じ建造物からなっている。陽明門《ようめいもん》や本殿なども、そのままである。

江戸時代の人が見たら、ずいぶんおったまげたはずだが、芭蕉は東照宮の建物については、ほとんど描写しておらず、

「御光一天にかがやきて、恩沢《おんだく》八荒にあふれ、四民安堵《あんど》の栖穏《すみか》やかなり」

と、変なお世辞でお茶を濁し、

「猶《なお》、憚《はばか》り多くて、筆をさし置きぬ」

と、逃げてしまっている。これは、物書きとしたら、あり得ない。

日光東照宮といったら、当時の名所中の名所である。それをこんなふうにまったく描写を避け、そのくせ前日に泊まった宿の、「仏五左衛門《ほとけござえもん》」を自称する妙なあるじを登場させたりしている。

しかも、この晩を「三十日《みそか》」としているが、この年の三月は二十九日までしかないのである。

芭蕉は、わざわざありもしない一日を使って、日光東照宮をさらっと書き飛ばしているのだ。これは、なにか隠しているのではないかと思わないほうがおかしい。

月村は、メモ帳に、

「謎の１　日光東照宮のかんたん過ぎるくらいの扱い」

と、書いた。それから、ちょっと考え、

「謎の２　『おくのほそ道』は、紀行文にしてはフィクションが多い」

と、書き加えた。

大雑把な謎については、すでに雑誌に書いた。これらはツアーのとき、現地で解説をするときのためのメモである。

じっさい、芭蕉のフィクションの多さは驚くほどである。これは昭和の時代になり、旅の同伴者である曾良《そら》の日記が見つかって、初めて明らかになった。曾良は、紀行文とは言えないような細かい日記をつけていて、照らし合わせたら、芭蕉の記述が嘘だらけであるとわかったのだ。

もちろん文学作品だから、紀行文とはいえ、嘘が入るのは当然、という考え方はある。だが、その嘘のつくり方がどうにも妙なのである。

ミステリーツアーを謳うのだから、ネタは一つだけではつまらない。できれば、十本近くは欲しい。

だが、この調子だと十本程度のネタを仕入れるのに、苦労はなさそうだった。

一とおり見て回って、土産物屋に入った。猫のチェットの世話をビルの住人であるニューハーフに頼んで来たので、そのお礼におみやげを買って行かなければならない。

彼というか彼女は、自身も猫好きなので、有名な左甚五郎《ひだりじんごろう》作の眠り猫のレプリカでもないかと物色した。

あることはあったが、ちょっと安っぽい感じがして迷っていると、その店のなかで、

「パパ、決めたの？」

という甘えたような声がした。なにげなく目を向けると、知り合いがいた。

なんと、時代小説家の田辺惣一郎《たなべそういちろう》。

田辺はもう六十過ぎの、ダンディとはお世辞にも言えない男だが、その田辺に若い美人が甘えている。

慌てて目を逸らそうとしたが、

「お、月村くんじゃないか」

向こうから声をかけてきた。無視するわけにはいかず、

「あ、先生。どうも」

硬い表情で挨拶をした。

田辺は近づいて来て、

「なあ、きみ、誤解しないでくれよ」

「はあ」

誤解もなにも、他人の恋路を邪魔するつもりはない。

「娘だから。じつの娘」

と、田辺は訴えるように言った。

「じゃ、ほんとのパパなんですか」

「きみも誤解しただろ。ほんと、嫌なんだよなあ、あいつを連れて歩くの。女房に押しつけられたんだよ。あれを連れて行けば、ぜったいに浮気はできないだろうって」

「たしかに」

金髪が目立つ、あんな派手な美人を連れて歩いていたら、女も近づくのを遠慮するだろう。

「取材ですか？」

と、月村は訊いた。

「きみも書いてる『歴史ミステリーツアー』で、新しく連載小説を始めることになっているんだ。その取材だよ」

「そうでしたか」

「きみは、これからどこへ？」

「芭蕉が長く滞在した黒羽《くろばね》界隈に行くつもりです」

「あ、いっしょだ。おれの車で行こう」

「はあ」

あまり気は進まなかったが、助かることは助かる。

三

車は赤と白のツートンに塗られた4ドアのミニで、娘のほうが運転していた。田辺は助手席、月村は後部座席に乗せてもらった。

走り出してすぐ、

「ライターの月村くんだ」

と、紹介された。

「高嶺《たかね》といいます」

「たかねさん。富士の高嶺ですか。荘厳なお名前ですね」

「ほんとは違うの」

高嶺がそう言うと、

「むっ」

と、田辺は咳払《せきばら》いをした。

「多いお金って書いて、多金って名前にするはずだったの」

「へえ」

それはまた、ざっくばらんというか、えげつないというか。

「いくらなんでもよね。母が猛反対して、富士の高嶺の字になったんだけど」

「おれがまったく売れないころでさ。せめて娘はお金で苦労しないようにと思ったんだろうが」

「でも、ちゃんと金髪になったからいいじゃないの」

この冗談に、月村は思わず噴き出した。

ただ、金髪で派手ではあるが、ちょっと錆《さび》を吹いたような色合いの金髪で、黒っぽい洋服と相まって、毒々しい雰囲気はない。むしろお洒落《しゃれ》である。顔も、ハーフっぽいとまでは言わないが、目鼻立ちがはっきりしているので、よく似合っている。

「先生、『おくのほそ道』の日光東照宮あたりの描写って、なんか変だとはお思いになりませんか?」

月村は、景色を見ながら訊いた。

「変だよ。だが、変なのは日光だけじゃないぞ。『おくのほそ道』は、ぜんぶが変なことだらけなんだ」

「ああ、同感です」

学生のころと、大学院のころ、二度、旅しているが、そのときもそんなことを思ったものである。

「たぶん、芭蕉のイメージと、実体がずいぶん違っているということも影響してるんだろうな」

と、田辺は言った。

「連載の主人公は、やっぱり松尾芭蕉ですか？」

「そうだな。曾良のほうを主人公にしても、それで特段、面白くなるわけではないしな」

「そうかもしれませんね」

「きみは、例の忍者説をどう思う？」

「芭蕉忍者説って、ギャグみたいに言われることが多いですよね。でも、ぼくはあれはあってもおかしくないんじゃないかと思っているんです」

「そりゃそうだよ」

「じゃあ、先生の連載もその線で？」

「きみ、いまどき、芭蕉忍者説を前面に打ち出したって笑われるだけだよ」

「曾良のほうを忍者に？」

「曾良が隠密《おんみつ》であるのは、ほとんど確実だろう」

「そうですよね」

曾良は、『おくのほそ道』のなかで、河合惣五郎《かわいそうごろう》だと紹介される。岩波庄右衛門《いわなみしょうえもん》と名乗っていた時期もあり、かつては伊勢長島藩《いせながしま》の武士で、芭蕉と知り合ったころは、神道と俳諧《はいかい》を学ぶ浪人だった。

また、この後の宝永《ほうえい》六年（一七〇九）になると、曾良は九州巡見使の土屋数馬《つちやかずま》の用人として、壱岐《いき》に赴いている。巡見使の用人、すなわち壱岐を探る密偵として働いていたのである。

では、芭蕉と旅をしていたころは――となると、まだはっきりと結論を出すわけにはいかない。それは今度のミステリーツアーの大きなテーマになるはずだった。

「おれが今度の小説で書く説はそこじゃない」

「教えてくださいよ」

「ま、きみは編集部の人間みたいなものだから教えるけど、芭蕉は、じつは『おくのほそ道』の旅をしていないという説」

「ええっ」

これにはさすがに驚いた。

「行ってないと言っても、まったくしていないわけではないよ。弟子で豪商の杉《すぎ》山杉風《やまさんぷう》に見送られたりしてるんだから、旅立たないわけにはいかない。途中までは行ったし、あるいは、行ったり行かなかったりしたところもある」

「俳句の出来から判断したのですか？」

あのなかに出てくる俳句には出来不出来もあるし、あの場でつくったものではない句もあったりする。

「いや、句の出来不出来と、旅をしたしないは関係ない。取材が必ずしも作品の良し悪《あ》しとは関係なかったりするのが、文芸の面白いところだ」

「じゃあ、根拠は？」

「うん、まあ、それは作家の勘だよ」

「……」

思わずのけぞりそうになった。勘で済ませられるところが、エンタメの作家たるゆえんなのか。

道が空《す》いていたので、日光から那須野原《なすのがはら》の端に当たる黒羽（現・大田原《おおたわら》市）までは一時間半くらいで着いた。

通りをゆっくり走るが、変哲もない町である。

芭蕉の館《やかた》という立派な資料館がつくられているので、とりあえず立ち寄ることにした。

芭蕉が馬に乗り、曾良が従っている銅像が立っている。

「あ、パパ。写真、いっしょに撮ろうよ」

高嶺に頼まれ、月村がシャッターを押した。

「芭蕉はこの黒羽に十四日間も滞在したんですよね」

と、月村は言った。

滞在したところは、宿屋ではなく俳諧の弟子で、黒羽藩の家老の桃雪《とうせつ》や、その弟の翠桃《すいとう》の家であった。

「そう。ここがいちばん長いんだよな」

「曾良の日記だと、雨にも祟《たた》られているみたいですけどね」

「雨なんかどうってことはない。もしかしたら、ほんとはまだ来てなかったかもしれないいな」

「来てないというのは、どういうことです？」

「秘密裡《り》にまだ東照宮にいたんだよ」

「東照宮に？」

「芭蕉たちが行ったとき、東照宮は改修工事の最中だった」

「そうですね」

「その工事を担当したのは伊達《だて》藩だ」

「へえ」

「伊達藩てとこが、なんか引っかかるんだよな」

と、田辺惣一郎は言った。

「曾良は伊達藩を見張っていたという説はありますよね」

「やっぱり、あるんだ？」

「深川には、伊達藩の蔵屋敷がありましたし」

「そうか、伊達藩か。きみは時代考証というか、監修というか、そういう仕事はやらないの？」

「やりますよ」

「おれのも手伝ってもらえないかな。この芭蕉がらみの話で」

「でも、ぼくの一存で決めるわけには」

「もちろんだよ。編集長に訊いてみようか。ちょっと待って」

田辺はすぐに編集部に電話をした。

しばらく編集長と話していたが、

「ちょっと待ってくれ。月村くんと代わるから」

編集長から監修料を提示され、引き受けることになってしまった。

四

小名木川で死体が発見された翌日――。

夕湖は、深川署の高井といっしょに、近辺の聞き込みをつづけていた。

昨夜、江東区《こうとうく》木場《きば》にある深川警察署に、〈小名木川殺人事件〉の捜査本部が設置された。胃から毒物が検出され、遺体は縛られて、石の重しをつけられていたことから、殺人事件と断定されたのだった。

五十代の女性。

死後一週間。

装身具、携帯電話、バッグなどはなかったが、身につけていた洋服や下着はいずれも高級なものだった。この洋服や下着のブランドから、被害者を特定できないか、ほかの班が動いている。

夕湖と高井は、昨日と同様、周辺で怪しいできごとはなかったか、という聞き込みの担当になった。

テレビでも報道されたが、まだ誰も知人や縁戚の者だと名乗り出て来ていなかった。身元がわかったら、本部から連絡が来ることになっている。それがまだないので、身元はわからないのだ。

昨日、留守で訊けなかったマンションの部屋を回った。

だが、これぞという手がかりはまったくない。ただ、二歳くらいの子どもを激しく叱る母親がいて、注意をし、児童虐待の疑いありということで、生活安全課にも連絡しておくことにした。

「犯行現場じゃないかもね」

夕湖は言った。これだけ聞き込みをしても、騒ぎ声一つ、聞いた人がいない。

予断はいけないが、そんな気がしてきた。

「もしかしたら、日本人じゃなかったりして」

と、高井が言った。

「それもあるんだよねえ、近ごろは」

「たぶん、本部も旅行者まで広げていると思いますよ」

「だろうね。でも、あの洋服のコーディネートからすると、わたしは日本人のような気がしたけどね」

「あ、そうですか？　どっちにせよ、これは、時間がかかる気がしますね」

夕湖も同感だった。

そのうち昼になり、食事にしようという話になった。

「このあたり、ご飯食べるところなさそうね」

夕湖はまわりを見渡して言った。

「森下《もりした》のほうに行ったところに、カレーパンの元祖のパン屋があるんですよ」

「元祖？」

「そう。カトレアっていうんだけど、うまいですよ」

「へえ」

「おれ、ここまでチャリで来てるから、買って来ましょうか?」

今朝は、遺体発見現場で待ち合わせたのだ。

「そのへんで食べる?」

「かまわなければ」

万年橋のたもとは、両岸とも小公園になっている。座って食べるのも悪くない。

「いいよ。そうしよう」

「いくつ食べます?」

「大きいの?」

「おれは三つ食べますけど、女性は」

「じゃ、二つ」

今朝はミルクだけ飲んで飛び出して来たので、かなりお腹《なか》が空いている。

「飲み物は?」

「カレーだったら、ミルクティーかな」

「わかりました」

高井は自転車でいなくなると、十分もしないうちにもどって来た。

カレーパンは、元祖と言うだけあって、ほんとにオーソドックスなカレーパンで、中身はかなり濃厚だった。

「あ、おいしい」

「でしょう。おれ、しょっちゅう食べてるんですよ」

「芭蕉って、深川に住んでたみたいね」

カレーパンを食べながら、夕湖は言った。昨日、買った本をゆうべ寝る前に、ぱらぱらとめくったのだ。『おくのほそ道』の旅には、深川から出発したらしい。

「だから、あそこに銅像があるんですね」

「そうみたい」

「深川生まれなんですか？」

と、高井が訊いた。

「生まれは違うんじゃないかな」

夕湖もそこは知らない。

「おれも、深川署には去年、配属されて、生まれは埼玉《さいたま》なんですよ」

「芭蕉の俳句って知ってる？」

「あれでしょ。古池や、かわず飛び込む、水の音」

「そう、それ」

「日本一、有名な俳句じゃないですかね。ていうか、おれ、俳句と言ったら、それしか知らない」

「ほんと、日本一有名だよね」

しかも、日本人のほとんどが知っているのではないか。芭蕉という人は、つくづくたいしたものである。

――いまごろは、月村くん、『おくのほそ道』を歩いてるんだ……。

そう思うと、殺人なんかした人物が恨めしくなってくる。

五

月村弘平の昨夜の泊まりは、芭蕉も泊まった那須湯本《ゆもと》の温泉ホテルだった。

芭蕉がつかったのは〈鹿の湯〉という共同風呂。硫黄の臭《にお》いが強く、湯は白濁している。いまも、湯治場という言葉が似合う風呂で、芭蕉の気持ちが想像できる。

月村もこの温泉に入ったあと、ヤマトツーリストから指定があったホテルに宿泊した。ここまでいっしょに来た田辺親子は、すでに高級ホテルを予約していたので、そちらに泊まり、朝九時に車で迎えに来てくれた。

この日は、鹿の湯に近い殺生石《せっしょうせき》を見たあと、『おくのほそ道』の入口でもある白河《しらかわ》の関を見てから、須賀川《すかがわ》まで行く予定である。

「田辺先生は何日くらい、取材なさる予定です?」

車が走り出すとすぐ、月村は訊いた。

「だいたい二週間を予定してるけどね」

「そんなに」

「きみねえ、おれはいつもろくろく取材もしないで原稿書いてると思ってるんじゃないの?」

「そんなことないですよ」

と、月村は慌てて否定した。だが、二作ほど読んだが、綿密な取材をしているとも思えない。というより、あまり取材を必要としない題材だった。

「ま、ふだんはしないけどな」

「はあ。では、今回はとくに力を入れているわけですね?」

「うん。じつは、すでに映像企画の話が入っているんだ」

「書く前からですか?」

本が売れない時代のいま、映像化というのは作家にとっては喉から手が出るくらい、ありがたい話らしい。

「プロデューサーが昔からの知り合いで、今度、芭蕉をやると言ったら、自分も芭蕉をやりたかったと言うからさ」

「そうでしたか。ぼくのほうなんですが、今回はツアーの下見でして、あと二日ほどでもどらなくちゃいけないんです。それでどうしても急ぎ足になるので、きょうは福島まで足を延ばしたいんです」

「そうか。じゃあ、今回は須賀川で別れるか」

「すみません。ただ、須賀川という町は、ぼくも気になっていたんです」

「七泊もしてるからな」

「そうなんですよね」

黒羽に十三泊して、この須賀川に七泊。

このあとは、尾花沢《おばなざわ》に十泊。

酒田《さかた》にはあいだを空けて九泊。

金沢《かなざわ》に九泊。

山中《やまなか》に七泊。

このあたりが、長期滞在した宿場だろう。

「もちろん有力なスポンサーがいたってことも関係があるだろうが、ほかにも事情はありそうだよな」

「ぼくもそう思います。須賀川というのは、伊達政宗《まさむね》にも関係ありますしね」

「そうだったか？」

「ええ。須賀川城というのは、二階堂《にかいどう》氏のものだったのですが、それを政宗が攻め滅ぼしたのです」

「じゃあ、先祖が政宗に殺され、恨みを持っているなんてやつも、いたかもしれないな」

「そうですね」

「奥州街道の宿場にそういうやつがいるとすると……」

「伊達家はなんとなく嫌だったでしょうね」

「だよな。なんか、見えてきたぞ、月村くん」

田辺は嬉しそうに言った。

「それに須賀川の前後の旅は、ひどく駆け足なんですよね」

「そうなんだ。一日、十里（四十キロ）も歩いたりしているからな。おれは、フルマラソンを何度も走っているけど、完走したら、二、三日は歩く気もしないぞ」

「へえ」

「もちろん、文人が発句《ほっく》だの連句だのをひねりながら歩くのだから、早くなったり、遅くなったりするのは当然だ。だが、それにしても極端だよな」

そう言って、田辺はしばらく黙ってその理由を考えているようだった。

「もしかして、自分たちのペースで移動したのではなく、相手がいたからではないでしょうか?」

月村がそう言った途端、

「それだ、それ」

と、田辺が手を叩《たた》き、

「月村さん、すごぉーい」

運転していた高嶺も感心したような声をあげた。

六

午後六時からの、捜査本部の会議――。

まずは、身元に関する報告がつづいた。

「鑑識からですが、顔の骨格や、残った肉などからコンピュータで想定し、生きていたときの顔の画像をつくってみました」

と、前のボードに写真が貼《は》られた。同時に、そのコピーも捜査員全員に渡された。

「とりあえず、聞き込みのときなどでも使ってみてください。それで、この画像はすでに夕方のニュースなどでも報道されていますが、まだ、有力な情報は入っていません」

つづいて、別の鑑識の担当が、

「虫歯の治療についてですが、入れ歯はありませんでした。五十代にしては虫歯も少なく、かんたんな治療の跡があっただけです。つまり、歯のレントゲンを撮っていないかもしれません。こっちの筋から、被害者を特定するのは困難かもしれません」

鑑識のあと、聞き込みをつづけている班から、

「被害者が着ていたブラウスはイタリア製。七、八年前にデパートなどで売り出されたもので、かなりの数が出たそうです」

「かなりとは？」

捜査本部長となっている深川署の署長が訊いた。

「三星デパートだけで、三百着。なにせ一社の輸入ではないそうで、ちょっと手間がかかりそうです。それで、スカートのほうはフランス製で、これも四年前にいくつかのデパートで仕入れ、売られています。というわけで、この筋から絞り込んでいくのは、相当、困難かとは思いますが、諦めずにつづけていく所存です」

「靴はなかったんだな？」

「ありませんでした」

つづいて、周辺の防犯カメラをチェックしていた班が、

「周辺のコンビニ、ガソリンスタンドなどの防犯カメラを、およそ五日から十日さかのぼって調べていますが、まだ、怪しい車は見つかっていません」

次に、周辺の聞き込みからは、高井が代表して、

「発見現場を望めるマンション四棟と、周囲の戸建て住宅で、十日前からの怪しいできごとを訊ねていますが、まだ、とくに手がかりは出て来ておりません」

と、報告した。

「ううむ。出て来ないなあ」

署長が両手を頭の後ろで組んで言った。

「遺体はすでに一週間経ってましたから、初動捜査のミスもないですしね」

刑事課長の竹林が、本庁組の吉行にアピールするように言った。

「となると、当然、発見現場近くで殺したわけではなく、別のところで殺し、またまあそこに捨てたという線が濃くなってくるわな」

と、署長が言ったとき、大滝豪介が、いきなり大きな声で、

「船で殺したんじゃないですか」

と言った。

「ほう、船でね？」

署長が興味を示した。

「そうです。隅田川クルーズとかやってるのが、ありますよね。あのなかで殺し

たやつに錘《おもり》をつけて沈めたけど、出てきちゃったわけです。だから、ほかにもまだ、川あさると出てくるんじゃないですか？　昔の洋画にありましたよね。ほら、凄《すご》いいい男が友だち殺すやつ」

「凄いいい男？　ケビン・コスナーか？」

深川署の鑑識課員が言った。

「違いますよ」

「わかった。クリント・イーストウッドだろう？　『ダーティハリー』のどれかじゃないのか？」

「いや、違いますって。あれ、アメリカ人じゃなかったかも？」

「アメリカ人じゃなかったら、何人だよ？」

このやりとりに、深川署のベテラン刑事が、

「お前たち、アラン・ドロンも知らないのかよ。『太陽がいっぱい』のことだろう？」

「あ、それです、それ」

大滝がうなずいた。

「船というのは見逃していたな」

深川署の署長が言った。

「深川署は船を持ってましたよね？」

大滝の問いに、

「地域課で二艘《そう》あったな」

「二艘とも、出してくださいよ」

「よし、わかった」

ということで、川の探索をおこなうことが決まり、夕湖も高井や大滝といっしょに、船に乗ることになった。


翌朝――。

深川署のパトロール艇が二艘、遺体発見現場まで出動して来た。署長も自ら乗り込んでいる。

「署長、隅田川のほうも探しますか？」

艇の操縦士が訊いた。

「いや、そっちは遺体を揚げるとき、ついでに潜って調べている。まずは、小名木川のほうを探す」

「わかりました」

署長や大滝たちが乗り込んだ艇が右岸、夕湖や高井らが乗り込んだ舟が左岸をさかのぼることにした。

岸はコンクリート護岸で、垂直に切り立っている。

川をあさるための、物干し竿《ざお》の先に八手《やつで》みたいなものがついた棒が用意されていて、二人ずつ、それで川底を探る。夕湖も一本持たされた。

隅田川や東京湾は、三、四十年前に比べると、ずいぶんきれいになったらしいが、小名木川の水はあまり澄んではおらず、川底も見えていない。

川をあさりながら、

「ずいぶんまっすぐな川ですね」

と言うと、昨日、アラン・ドロンの話をしたベテラン刑事が、

「そりゃ、そうだろう。運河なんだから」

と、言った。

「じゃあ、小名木川って新しい川なんですね」

ということは、松尾芭蕉は見ていない川なのだろう。

「新しくねえよ。江戸時代の初期に、市川から塩や荷物を運ぶために掘削された

んだよ」

「江戸時代に」

「お前なあ、深川の川なんか、ぜんぶ運河なんだよ。なんにも知らねえんだなあ」

呆《あき》れられたが、夕湖は胸のうちで、

「いいんです。カレシは先輩よりずっと詳しいですから」

と、言い返した。

さかのぼるが、まだ、なにも見つからない。

「景色はいいですよね」

「桜のころなんか最高だぞ」

ベテラン刑事は自慢した。

「この先に、エックスの形に架かった橋がある。そこは船の発着所にもなってるので、そこで終わるか」

署長が、向こうの艇からそう言ってきたとき、夕湖の棒がなにかを引っかけた。

「あれ、なんか、引っかかったみたい」

すると、下のほうから泡がぶくぶくっと出た。

同時に、凄い臭いが漂った。

「うわっ、まさか」

夕湖は棒を手放したい。だが、刑事根性がそれにさからって、ぐいと持ち上げたとき、人のかたちをしたものが、

ざばり。

と、浮かび上がった。

「きゃあ！」

夕湖の悲鳴が川面に響いた。

二人目の死体が見つかった。

第二章　深川の芭蕉史料館

一

月村弘平は、平泉《ひらいずみ》周辺まで駆け足で取材をし、予定を一日早めて、昨日の夜に帰京した。たぶん夕湖がいっしょだったら、予定どおりあともう一日、取材をつづけただろう。

もっとも、取材先で田辺惣一郎と会ってしまったのも、帰京を早める理由になった。バスツアーの解説に必要なことより、もっと詳しく調べなければならなくなってしまったのだ。なにせ、「芭蕉は行かなかった説」という無茶な説を、補強しなければならない。

家にある史料を引っ張り出して、「おくのほそ道」の旅の再検討を始めた。

だが、「おくのほそ道」のことだけでなく、芭蕉という人間そのものも謎だらけなのだ。それは、三百年という時が過ぎ去ったためにわからなくなった謎だけでなく、あの当時から隠された秘密もいっぱいあったからに違いない。

だいいち、現代人は芭蕉のことを、尊敬するあまりに、偶像のような存在にしてしまっている。

まずは、名前からして違う。

浮世絵師の「歌川広重《うたがわひろしげ》」はいても、「安藤《あんどう》広重」なんて人がいなかったように、「松尾芭蕉」もいなかったのだ。

芭蕉の身分は、正確には百姓なので、姓はなくてもいいのだが、古い家柄だったため、松尾姓を名乗るのを許されていた。名前は江戸時代の人なので、途中で変わったり、適当な呼び名があったりする。幼名は金作《きんさく》、通称は甚七郎《じんしちろう》、正しくは忠右衛門宗房《ちゅうえもんむねふさ》である。

それで、俳号だが、最初のころは本名でもある「松尾宗房」を名乗った。

だが、その後、「桃青《とうせい》」という俳号にした。

これに、芭蕉庵《あん》をつけ、「芭蕉庵桃青」が、俳号になった。ただ、自分でも句をつくるとき、「ばせう」を称することが多く、「桃青」より「芭蕉」のほうが有名になった。

しかし、「松尾芭蕉と申します」などとは、名乗ったことがない。

芭蕉忍者説。これは、月村も最初に聞いたときは、芭蕉が単に伊賀国《いがのくに》の出身だったからということからきた、ギャグみたいなものだと思った。ごく一般的にも、たぶんそう思われているだろう。

だが、黒装束に手裏剣を投げている忍者を思い浮かべるから、ギャグみたいに思えるので、「隠密」という言葉に置き換えれば、別になんの不思議もなくなる。

じっさい、他国を探るとき、隠密が「俳諧師」を装うのは、ごくありがちだった。

だから、「芭蕉隠密説」は、まったくあり得る話で、これを虚説妄言と馬鹿にするほうが、頑迷すぎるのである。

ただ、芭蕉が本当に隠密、あるいは「おくのほそ道」の旅に出たとき、隠密仕事を頼まれたとしたら、
誰が頼んだ?

どういう調べを頼んだ?

ということを明らかにしないと、芭蕉隠密説を正しいとは言えないだろう。雇った人は誰なのか。なにを探ろうとしたのか。そこは、もともと明らかにはされ

ない部分だから、これを実証するのは大変なはずである。

もう一つ、注意しないといけないのは、

「俳聖芭蕉」

というイメージが沁《し》みついてしまった芭蕉の実像である。

なにせ、俳句の聖人である。現代にも、絶大な信奉者が大勢いる。日本ばかりか、世界中にいる。

うっかり芭蕉の悪口など言おうものなら、大声で怒られてしまう。ましてや月村は奇説珍説を認めがちとされていて、先日も織田信長《おだのぶなが》のことでネットに悪評を書き込まれてしまった。

だが、当然のことだが、芭蕉だって人間だったのである。生物としての欲望もあれば、金を稼がなければ生活もできないし、名声を得ることに汲々《きゅうきゅう》としたことだってあったに違いない。それらに打ちのめされたり、自己嫌悪をしたりしながら、あの現代人の魂にも語りかけるような傑作をつくり上げていったのだ。

——変に崇《あが》め奉らず、逆に無理やり貶《おとし》めることもせず……。

月村は自分にそう言い聞かせながら、芭蕉と「おくのほそ道」を調べていこうと思ったのである。

幸い、芭蕉と「おくのほそ道」については、すでに何度も調べたことがある。

学生時代、歴史学を学んだ月村の専門分野は、乗り物の歴史だった。このため、江戸時代前期の東北の旅ということで、当然、「おくのほそ道」は研究対象になったのだった。

このときも思ったのだが、「おくのほそ道」の道のりについては、多くの研究者が、ルートから歩いた距離まで、克明に計算できている。

しかし、これについても、疑う余地はあると思ったのだ。

隠密だったら、当然、探りに行った場所は隠したはずである。

表向きの旅も徒歩だけではない。駕籠《かご》こそ使っていないが、馬や船はかなり利用している。

ここも気をつけて見ていくつもりである。

「にゃあ」

と、月村が史料を読んでいるわきで、猫のチェットが鳴いた。

机の上に砂糖の粒をこぼしたのが気に入らなかったらしい。チェットは甘いものに興味はないし、きれい好きなので、足の裏についたりするのが嫌なのだろう。

「あ、ごめん、ごめん」

落ちていた粒を濡《ぬ》らしたティッシュで拭《ふ》いた。

これは、芭蕉が長期滞在した須賀川で買って来た自分向けのお土産で、〈くまたパン〉というお菓子だった。とにかく餡《あん》こを黒蜜《くろみつ》でコーティングしたものに砂糖をたっぷりまぶすという、甘さの極致のようなお菓子なのだ。

西は九州平戸《ひらど》の〈カスドース〉、東は須賀川の〈くまたパン〉が、けっこう甘党の月村が選んだベタ甘お菓子の両横綱である。

大型小判よりもっと大きい〈くまたパン〉をゆっくり一つ食べ終えるころ、月村の携帯電話が鳴った。

二

「やあ、夕湖ちゃん」

「帰ったんだね」

「予定を切り上げたから」

「うん。ごめんね」

「そんなことはいい。いま、どこ？」

「深川。仕事が終わったとこ」

時計を見ると六時。今日は捜査会議などもなかったらしい。

「じゃあ、おいでよ。お土産の〈くまたパン〉があるから」

「あ、あのベタ甘のやつ。それはいらないけど、行く」

電車の乗り継ぎがよかったのだろう、十五分ほどで夕湖が八丁堀の月村の自宅にやって来た。

「お邪魔します」

急いで階段を駆け上ってきたらしく、夕湖は軽く息切れしている。なにせ月村の家は、エレベーターのない古い雑居ビルの六階の上にある「草原のなかの家」なのだ。

六階建てのビルの屋上を、半分だけ住まいにしてある。いまならぜったい許されない違法建築。それで半分の部分に土を入れ、そのままなにもせず放っておいたら、雑草や、鳥の糞《ふん》に混じった種のおかげで、いろんな種類の草が繁茂する草原になった。

去年からは蝶々《ちょうちょう》まで飛んでいる。

「お疲れ」

「ほんと、愚痴は言いたくないけど、疲れたぁ」

そう言って、夕湖は月村にもたれるようにした。

「ご飯は？」

「まだだけど、どうも食欲がなくて」

「そういうときは、ぼくのカレーかな」

「やっぱり？　入って来たとき匂《にお》ったもの」

「〈ロダン〉のホールスパイスカレー風」

この近所にあるカレー屋で、月村の気に入りのカレー屋の一つである。本当は南インドカレーの〈ダバ・インディア〉のいくつかのカレーがいちばん好きなのだが、味が込み入り過ぎていて、とても真似《まね》ができないのだ。

「あ、食べたい」

月村は、鍋の載ったコンロに火を入れた。こんなことだろうと、昼のうちにつくっておいたのである。

鍋がぐつぐつ言い出すと、チェットはカレーの匂いが苦手なので、草原のほうへ逃げて行った。そのかわり、皿にキャットフードを入れ、外に置いてやった。

「よし、できた」

大きなチキンがいくつも入って、食べ応えもある。スパイスは、そのままのかたちで入れてある。シナモンなどはスティック状。カルダモンも除《よ》けながら食べなければいけない。

サラダの代わりに、買い置きのピクルスをどっさり出した。ご飯はあいにくと、冷凍しておいた雑穀飯をチンした。

一口食べて、

「あ、おいしい」

月村も満足の出来栄えである。

「うん。面倒な事件？」

「食べてから言う。おいしく食べたいから」

かなり辛くしてあるのを、二人で汗をかきながら食べ終えた。

チェットはまだ外にいる。たぶん、月でも眺めているのだろう。

「殺しって言ってたの、深川だったんだ？」

と、月村が訊いた。

「そう。新聞見てない？」

「あ、急ぎの調べものがあって、まだなんだ」

「二人目も出ちゃって。それも深川」

「そうなんだ」

「しかも、見つけたのはあたし」

「ええっ」

「川を棒みたいなやつであさったら出て来たの。ああ、もう、やだ。あの手触り、まだ覚えてる」

夕湖はそう言って、右手を何度か強く振った。

「連続殺人というわけじゃないんだろ？」

「たぶんね」

「死因は？」

「二人とも毒。植物系の神経毒」

殺すのに力はいらない。つまり、女性が犯人であるケースも考えられる。

「深川のどこで見つかったの？」

それも別に隠さなくていい。すでにマスコミでも報道されている。

「最初の女性は、万年橋の下」

「うん」

月村はうなずいた。東京でも指折りの景色のいいところである。

「次の男性は小名木川の上流で、小名木橋っていう橋のちょっと先」

「五本松《ごほんまつ》のところだ」

「五本松？」

「そう。江戸時代、そこにあった大名屋敷の庭に枝ぶりのいい松の大木があって、塀の上からはみ出し、小名木川の上にかかるほどだったらしい。あのあたりの名所にもなっていて、芭蕉もそこで一句詠んでいたはずだな」

「そうなの」

「だから、どっちも芭蕉関連だな」

「え？　万年橋は、芭蕉の銅像のところよりは、ちょっと離れているよ」

「銅像があるところは、単に見晴らしがいいからあそこに建てたので、芭蕉庵はそれより万年橋寄りにあったんだ」

「え？　芭蕉庵て、あのあたりにあったの？」

「そう。小さな神社があっただろう？　あのあたりだよ」

「ああ、なんか蛙《かえる》の置物もあった気がする」

「それは、有名な古池やの句を、あそこで詠んだからだよ」

「そうだったんだね。でも、二人の遺体の身元がわからなくて、参ってるの。こんなにわからないのはおかしいって」

夕湖は疲れた顔で言った。

すると、月村は腕組みし、少し考えて、

「夕湖ちゃん。深川に芭蕉史料館ていうのがあるんだ。そこは俳句の愛好者の会合などにもよく使われるところだ」

と、言った。

「へえ」

「もしかしたら、被害者はそこに出入りしている人かもしれないぞ」

「あ」

夕湖はぽかんと口を開けた。

三

夕湖は二、三、ネットで調べごとをしてから、深川署の捜査本部に電話を入れた。

警視庁の先輩である吉行巡査部長が、電話口に出た。

「おう、上田か」

「先輩。じつは……」

と、現場はどちらも松尾芭蕉に関連があることを話し、

「もしかしたら、被害者たちは深川にある芭蕉史料館に出入りしていないかなって思ったんです」

「そんなのがあるのか？」

「あるんです。俳句愛好者たちの句会がおこなわれたりもするみたいです」

「ほう。それは面白いな。すぐに行けないのか？」

「そこは区の施設で、五時閉館なんです。至急、区役所に言って、館員に来てもらったりします？」

「いや、そこまでしなくてもいいだろう。だが、明日の朝イチで訪ねてみてくれ。もしかしたら、二人目のほうも行ってるかもしれないな」

「そう思います」

「大滝たちもいっしょに行くように伝えておく」

「お願いします」

「おい、上田。お前、それ、カレシに教えてもらったんだろう?」

吉行の笑い顔が目に浮かんだ。

「カレシにですか?」

夕湖がちらっと月村を見ると、〈くまたパン〉を食べながら、首を横に振った。

自分の名前は出すなと言いたいのだろう。

「お前にそんな知識、あるわけねえだろうが」

「そんな。あたしだって松尾芭蕉のことくらいは」

「ま、いいや。名探偵によろしくな」

吉行はそう言って、電話を切った。

「名探偵によろしくだって」

「歴史探偵だって言っといて」

「でも、芭蕉の好きな人が、殺人事件に巻き込まれたかもなんて、不思議よね」

夕湖は、月村が食べていた〈くまたパン〉を少し千切《ちぎ》るようにして口に入れたが、あまりの甘さに顔をしかめた。

「なんで不思議なの?」

「だって、芭蕉って俳聖とまで言われているんでしょ。殺人とは結びつかないでしょう」

「そうかなあ。芭蕉も『おくのほそ道』も、じつは謎だらけで、殺人事件とぜったい関わらないとは思わないけどね」

「まさか、月村くん、芭蕉忍者説を信じてないよね？」

俳句のことはほとんど知らないが、忍者説があることは知っていた。

「いや」

月村は真面目《まじめ》な顔で首を横に振った。

「嘘。やだ」

月村が、そんなギャグみたいな説を信じているとは、恥ずかしくて他人には言えない。それでも、ほんとに歴史探偵を自称してるの？　なんて、笑われてしまう。

「忍者って言うからおかしいんで、隠密と言ったら？」

「それでもねえ」

「じゃあ、芭蕉のことはさておくとして、『おくのほそ道』に同行した弟子の曾良のほうは、隠密だったというのは史料などで明らかなんだぜ」

「史料で？」

「そう。岩波庄右衛門ともいうんだけど、『おくのほそ道』の旅をしたあと、土屋数馬という旗本の用人になっているんだ」

「用人て？」

「旗本の家来で、家老の次に偉い人かな。それで、土屋数馬は、幕府から九州巡見使という役目を与えられていた。九州と言ったら、昔から幕府にとってはきな臭いところで、そこを巡見しに行く」

「密偵と言ってもいいわけだね」

「曾良はそのとき、平戸藩の壱岐島に行ったことも史料に残っている。平戸藩というのがまた、怪しい藩だよ。前に『妻は、くノ一』という面白い時代劇をテレビでやっていたけど、その舞台になったのも平戸藩だった。ここを治めた大名は、松浦《まつら》氏といって、海賊上がりだよ。当時も密貿易を疑われていたに違いないのさ」

「へえ」

「じつは、芭蕉の弟子たちには、こんなふうに怪しい人たちがたくさんいるんだ。芭蕉がそれを知らずにいたと思うかい？」

「もちろん、芭蕉は勘の鋭い人だったでしょうしね」

「そういうこと」

夕湖は、月村の話を聞くうち、芭蕉忍者説を馬鹿にするのは止《や》めることにした。

四

翌日――。

夕湖は、大滝と清澄白河の駅で待ち合わせ、いっしょに芭蕉史料館に向かった。

その道すがら、芭蕉隠密説を解説してやった。

もちろん、曾良が隠密だということは明らかだとも付け加えている。

「へえ、面白いな」

「でしょ」

史料館の前で、深川署の二人が待っていた。すでに電話などで、連絡はしておいたらしい。

なかに入ると、館長と学芸員と職員の三人が迎えてくれた。すぐに応接室らしい部屋に通される。

館長は女性で、眼鏡をかけ、座った姿勢も、剣道でもやったようにぴしっとしている。

「じつは、深川で見つかった二人の遺体についてなのですが」

と、深川署の高井が言った。

「ああ、はい。テレビでやってましたね」

「被害者の身元がなかなかわからないのですが、見つかった場所はどちらも芭蕉に縁のあるところなんです。万年橋の下と、小名木橋の少し先で」

「あら、ほんとね。芭蕉庵と五本松」

さすが館長は、すぐにぴんときたらしい。

高井は、持っていたバッグからビニールケースを出し、

「こういう人が、この館に出入りしていなかったか、確認していただきたいのです」

「どんな人？」

「遺体の写真で申し訳ないんですが」

高井がそう言った途端、館長のぴしっとしていた姿勢が、急に溶けるように崩れた。

「遺体？　あ、無理、無理、無理」

手を激しく振り、

「でも、生きているときの写真がないので」

「だから、無理、無理、無理。ぜったい、無理。見ないから」

あまりの拒絶ぶりに、館長はひとまず諦め、学芸員と職員に見てもらった。

「でも、わたしはおもに史料室にいるし、こちらは庭の管理や清掃がほとんどで、やはり館長じゃないと」

学芸員はわからないらしく、職員もうなずいた。

「でも、あたしは無理だから」

もう取りつく島がない。

「じゃあ、コンピュータの再現のほうを見てください。ただ、こっちはほんとに似ているかどうかはわからないのです」

「死体じゃないのね？」

「コンピュータの画像です」

「でも、死体を元にしたんでしょ？」

「それはそうですが」

高井はうんざりしたように言った。

「じゃあ、見るけど、近づけないで。ずっと遠くから」

「こうですか？」

高井は座ったまま、写真を館長から離して見えるようにした。

「駄目。近いわ。もっと離れて。そっちから」

館長は部屋の隅を指差した。

「ええ。こうですか？」

高井は部屋の隅まで行き、写真を向けた。

「ああ、知らない人」

ろくに見もしないで館長は言った。

男の学芸員と職員は再現写真も冷静に見てくれたが、知らないと答えた。

夕湖はそんなようすを苛々《いらいら》しながら見ていたが、

「ここには防犯カメラはありますか？」

と、訊いた。

「あります。入口と、展示室と二台つけています」

「見せてもらえますよね？」

「はい」

職員がテープを取り出し、別のモニターで見られるようにしてくれた。

「もしかしたらお借りするかもしれませんが、とりあえずここで拝見します」

そう言って、夕湖と高井が確認することにした。

もう一人の深川署員は、この周辺を見て来ると出て行ったので、館長の前には大滝が座っている。

「芭蕉って隠密だったんでしょ？」

と、大滝が館長に言った。

夕湖はわきでモニターを見ながら、こういう人にその話は止めたほうがいいのに、と思った。たぶん、芭蕉原理主義者。ちょっとでもイメージにそぐわないと、激しく反発しそう。

「隠密？　忍者ってこと？」

案の定、館長の声が甲高くなった。

「ええ、まあ」

「馬鹿みたい」

と、館長は侮蔑《ぶべつ》を込めたような口調で言った。

「馬鹿みたいじゃないでしょう」

「なに言ってるの、あなた。芭蕉が忍者だなんて。忍者があの幽玄、かつ深遠な俳句をつくれるわけがないじゃないの。芭蕉の句は、手裏剣《しゅりけん》じゃないわよ」

「わかってますよ、それくらい」

「わかってないわ。芭蕉の句は、日本文学の誇りなのよ。世界中に芭蕉のファンがいるの。ここはいわば、そのメッカなの。あなた、どこでそのくだらない、馬鹿丸出しの説を話していると思うの！」

ものすごく怒り出した。オリンピックの柔道選手だった大滝が、たじろぐくらいの凄い剣幕である。

大滝も、頭ごなしに叱られたから、逆に謝ろうとはしない。

「帰って」

「帰ってと言われても」

「芭蕉を貶《けな》すような人は、この館に入る資格はないの」

「そんな無茶苦茶な」

「なにが無茶苦茶よ。あなたのくだらない説のほうが、もっと無茶苦茶でしょうよ」

「だいたい曾良が隠密でしょう」

大滝も譲らない。さっき夕湖から聞いたばかりの説を持ち出した。

「曾良の隠密説だって胡散臭《うさんくさ》い。百歩譲って、曾良が隠密仕事をしていたからといって、なんで芭蕉までそんな穢《けが》れた仕事をしなくちゃいけないの？　俳聖よ、あなた」

館長の怒りはますます激しくなった。

「固いなあ、頭が」

「やかましい。いいから、帰って」

「おれは、殺人の捜査のために来てるんだ。それを帰れなんて言う資格はないですよ」

「毒、盛るわよ」

「盛れるものなら盛ってみなよ」

「ああ、もう腹が立つ！」

館長は奥に引っ込んでしまった。

部屋のなかにいた他の者は、皆、「どんびき」状態である。

だが、こんなことに気を取られてはいられない。

夕湖は防犯ビデオを見つづけるうち、

「あ、止めて」

と、言った。殺されたと推定されている日のビデオである。

「どうした？」

大滝が訊いた。

「このブラウスよ」

「あ」

高井がうなずいた。

カメラが斜めからなので、はっきり顔は見えない。だが、ブラウスが、おそらく被害者が着ていたものである。

「この人は？」

学芸員も職員も首を横に振った。

「館長に見てもらって」

夕湖がそう言うと、

「館長、来るかなあ。いったん怒らせると……」

学芸員は困った顔で奥の部屋に行き、館長を連れて出て来た。

「なんです？」

「この人を見ていただきたいのです」

と、夕湖が言った。

館長は、じいっとモニターを見つめ、

「ああ、この人なら、たぶん、この句をつくった人です」

と、壁に貼られた短冊を指差した。

浜千鳥　今日も小唄を稽古して

石川苗女と署名があった。

「この人は？」

「さあ。この前、ここで催した句会で、出来のいいものを貼っておいたんです。でも、その会は常連の人たちではなく、たまたま来られた方たちだったので」

「本名は？」

「わからないわね。でも、俳号だけど、苗字《みょうじ》はそのままだと思いますよ」

「手がかりだね」

夕湖は、高井たちを見て言った。

とりあえず、このビデオを借りて、夕湖と大滝が深川署にもどることにした。

あと二人は、ここの会員名簿などで、石川苗女を調べることになった。

深川署に向かいながら、大滝が、

「なあ、上田、犯人はあそこの館長かもしれないぞ」

と、言った。

「え？」

「さっきの怒りようを見ただろう？　あれなら芭蕉の悪口を言った人間を、一人や二人殺してもまったく不思議はない」

「そりゃあまあ」

確かに怒りようは凄《すさ》まじかった。

「しかも、毒盛るとか言って、脅しただろう」

「そうだね」

「おれはあの女を調べることにしたからな」

大滝は憤然として言った。

五

月村が家で芭蕉の史料を読み込んでいると、電話が来た。発信人は田辺惣一郎である。

「もう一人いたな」

と、田辺はいきなり言った。

「もう一人？」

「ああ。芭蕉の代わりができるやつだ。俳諧の宗匠面《そうしょうづら》して、田舎の文化人と話ができるやつ。芭蕉の弟子だよ」

「弟子で？　芭蕉の身代わりですか？」

確かにその推理は面白い。

「芭蕉の弟子ったって、怪しいやつだらけだぞ」

「それはそうですが」

「誰か考えてくれないか？　最悪、無名の男にするけど、やっぱり実在の弟子にしたほうが面白いだろう？」

「ま、小説は面白いほうがいいかもしれませんが、ぼくはいちおう歴史研究者を謳《うた》ってますので」

「だから、それとこれは別ってことで。頼むよ、月村くん。うちの高嶺も月村くんのことは当てにしちゃってさ」

娘に当てにされても困るのである。

「はあ」

「だいたいさ、芭蕉が『おくのほそ道』の旅をしたのは、元禄二年のことだぜ。ところが、それを一冊にまとめたのは、亡くなった年である元禄七年のことなんだ。あんな三、四十ページ程度の小冊子に、五年も六年もかけてるんだから、どうにだってできるだろうが」

「まあ、そうですが」

それは年に二十冊近く書く人から見たらそうだろうが、推敲《すいこう》の度合いが違うだろう。でも、それを当人には言いにくい。

「しかも、書き手っていうのは、推敲をつづけると、上塗りをつづけるみたいになって、最初の事実なんか忘れたりするんだよな」

「そうかもしれませんね」

「嘘だらけの『おくのほそ道』だ。かなり、フィクションを盛ることができる」

「ええ、まあ」

「曾良の贋者《にせもの》もいたかもな」

「曾良も？」

作家の妄想はどんどん膨らむらしい。

「うん。月村くん、二つのペアだ。頼むよ」

「わかりました。でも、作品にぼくの名前は出さないでもらえますか」

研究者として相手にされなくなる恐れがある。

「わかった。ちょっと待ってくれ。いま、高嶺が代わりたいって言ってるんだ」

「高嶺さんが？」

少し間があって、

「パパ、あっちに行ってて」

「なんでだよ」

「いいから」

などというやりとりが聞こえ、

「あ、すみません。月村さん」

甘えたような声がした。金髪が風にそよぐところが目に浮かんだ。

「ああ、はい」

「月村さんに訊きたいことがあって。当然、カノジョいますよね？」

「ええ、いますよ」

「そうよねえ。でも、結婚すると決まっているわけじゃないでしょ？」

「そうですね」

「だったら、いいの」

「いいのって、なにがです？」

「立候補するから。次のカノジョに立候補します。いや、しました。じゃあ、またこっちに来られるんでしょ。そのときに」

電話が切れた。

第三章　怪しい館長

一

月村弘平は、『歴史ミステリーツアー』の編集部に来ていた。担当の堀井次郎《ほりいじろう》と、三月後の企画の打ち合わせをするためである。

来週、出発する「おくのほそ道」のツアーがらみの原稿はとっくに入っていた。でないと、募集に間に合うわけがない。雑誌では、その企画の大雑把な謎を解説し、ツアーでは現地でもっと具体的に謎を解説する。

だが、月村が担当するのは、謎を解くための材料の提供で、解くのは読者やツアー参加者というわけである。

こうした姿勢が好評を博しているらしく、ヤマト・ツーリストのツアーも毎回バス二台の募集はあっという間に埋まり、ホテルの都合がつけば、バス四台まで増やそうと言っているらしい。

企画は、ヤマト・ツーリストの希望が優先される。それはそうで、月村がやっている八ページは、広告ページなのだ。

「次は富士山周辺のツアーを組みたいらしいよ」

と、月村は堀井に言った。同年代だし、長いこと仕事をしているので、友だちのような関係になっている。

「富士山と言ったら、曾我兄弟の敵討ちか？」

堀井は腕組みして言った。

「なに、言ってんだよ、堀井。いまどき、歌舞伎ファンでもなかったら、曾我兄弟なんか誰も知らないぞ」

「ほかに富士山が関わる歴史なんかあるか？」

「北斎《ほくさい》だろうな。富嶽《ふがく》三十六景にまつわる謎」

月村、お得意のところである。歴史探偵を自称するが、歴史上の人物で心から尊敬する人はほんの一握りしかいない。その一人が葛飾《かつしか》北斎である。

「ああ、北斎か、いいねえ。でも、謎がそんなにあるか？」

「あるよ。山ほどある。だいたい、富士講は幕府が嫌っていたものだぞ。それを煽《あお》り立てるような富嶽三十六景を、北斎がなぜ描いたかってこと自体、謎だろうよ」

「たしかに。いいね、北斎」

「じゃあ、それでヤマト・ツーリストの川井《かわい》さんに提案してみるよ」

「うん、頼むよ」

打ち合わせは、まったく揉《も》めずに終わった。もっとも、いつものことで、堀井はほとんど異議を唱えない、よく言えば懐の広い編集者なのだ。

「そういえば、日光で田辺先生に会ったのは、編集長から聞いただろ？」

田辺惣一郎の連載の担当は、堀井ではなく、編集長が直接関わっている。

「聞いた。監修をやらされるんだって？」

「そう。しかも、凄い設定になるみたいでさ」

「そんなに凄い？」

「芭蕉は、『おくのほそ道』を旅してない」

「まじ？」

「芭蕉にも曾良にも贋者がいた」

「へえ」

「その裏付け取らないといけないんだ」

「取れるか？」

「でも、田辺さんも言ってたけど、芭蕉の弟子は怪しいのが多いからな」

「杉風《さんぷう》あたりか？」

幕府の御用商人で、芭蕉のスポンサーでもある。芭蕉は、俳聖のイメージからか、時の権力からも超然としているように思われがちだが、弟子たちに有力者や武士が少なくないのだ。

「杉山杉風は無理だろう。忙しいし、耳も悪いしな。もともと、曾良ではなく路《ろ》通《つう》が行くはずだった。路通はぴったりだよ」

弟子の一人である八十村《やそむら》路通は、芭蕉と出会ったとき、こつじきだったという。芭蕉が『おくのほそ道』の旅に出ると、路通もなぜか旅に出る。そして、越前敦《えちぜんつる》賀《が》から大垣《おおがき》までは路通がいっしょだったのである。

「そうか、路通は影武者に回ったのか」

「芭蕉役も調べたが、こっちは難しい」

「越後《えちご》屋《や》の番頭がいたよな？」

「うん。志太野坡《しだやば》だろう。『おくのほそ道』のころは、まだ手代《てだい》のはずだ。しかも、二十代だったし、芭蕉の代わりは難しいだろう。小沢卜尺《おざわぼくせき》という芭蕉のスポンサーだった人もいるが、この人は日本橋大舟町《にほんばしおおふなちょう》の名主だから、長旅なんかには出られない。向井卜宅《むかいぼくたく》という人がいる。この人は藤堂《とうどう》家の家臣だった」

「藤堂家の家来なら、だいぶ融通も利くな？」

「ああ。ほかに板倉《いたくら》家の家臣で松倉嵐蘭《まつくららんらん》や、身分不詳の石川北鯤《いしかわほっこん》というのも、芭蕉の影武者を務めても不思議はない」

「そうか、やれるじゃないか」

と、堀井は手を叩いた。

「エンタメならやれるよな。突飛な説でも」

「田辺さんはそれが売りだから」

曾良の影武者は路通で確定し、芭蕉役のほうは田辺に選ばせたほうがいい。向井卜宅、松倉嵐蘭、石川北鯤の三人は、もう少し調べて、『おくのほそ道』のときのアリバイもつけて、田辺に提出すればいい。

「そういえば、お嬢さんもいっしょだった」

と、月村は言った。

「嘘。高嶺ちゃんも来てたの？　いいなあ。おれも行けばよかった」

堀井は本気で悔しそうに言った。

「高嶺さんて、なにやってる人なんだ？」

と、月村は訊いた。プロフィル的なことは、なにも聞いていなかった。

「学生だよ。美大の大学院の一年生で彫金が専門なんだ。かなり、優秀で、デザイナーとして作品も売れ始めているらしいぜ」

「そうなのか」

いろいろアクセサリーをつけて、派手な感じがしたのは、大学で専攻しているせいもあったらしい。

「ちょっと変わってるだろ？」

と、堀井は言った。

「そうだな」

「でも、美人だろ？」

「金髪だったけどな」

「茶髪じゃなくて？」

「いや、金髪」

「あ、院生になったら、そんなに派手になっちゃったの？」

「でも、センスがあるから毒々しくはない」

「うわぁ。想像すると、どきどきするな」

「まだ、取材つづけてるから、行けばいいじゃん」

「そうだな」

堀井はほんとに行きそうな気配だった。


編集部を出て、月村は有楽町にあるヤマト・ツーリストの本社にやって来た。打ち合わせの相手は、元アイドルの川井綾乃《あやの》である。

川井は今日も、おとなしいはずの服をなんとも可愛《かわい》らしく着こなして、月村の前に座った。

「まず、三月後の富士周辺の企画ですが、いろいろ考えて、北斎しかないかなと思ったんだけど」

「あ、北斎。いいですね」

「謎もいっぱいあるし」

「東京を軽く巡って富士に向かうのはいいですね。それで、北斎だったら、長野のあそこ……」

　思い出せないらしいので、

「小布施《おぶせ》だね」

　と、月村は補足した。晩年の北斎が、何度も訪れたところである。北斎の美術館もつくられ、周辺は一大お土産センターみたいになっている。北斎があれを見たら、さぞかし驚き、照れることだろう。

「そうそう。小布施のほうに回れば、二泊三日にも満足感が出るでしょう。これで、企画を通します」

　おじさんが専務ということだけでなく、川井はかなり発言力があるのだ。

「松下剣之助《まつしたけんのすけ》さんは来るかな？」

　大阪の大金持ちで、関西の実業界では、隠然たる力を持っている。川井綾乃の大ファンで、ツアーにはほとんど参加している。

「もちろん来ますよ。この前なんか、ぼそっと川井さんの面倒を見てみたいなあ、とか言うんですよ」

「え？　どういう意味？」

「愛人になれっていう意味ですよ。勘弁してもらいたいですよ」

「でも、ストーカーみたいなことはしないでしょ？」

「それはないですね。こっちが嫌だということはしません。オーソドックスに、札束で頰《ほお》を張るってタイプ」

川井綾乃は、帰国子女だけあって、話はけっこうあけすけである。

「札束でね」

あの大金持ちだったら、札束もトランクに入れるほどのものだろう。

「あの人、ずうっとお金にものを言わせて生きて来たんですかね？」

「でも、拝金主義者の厭《いや》らしさは感じないけどな」

「確かにそうですね。あれも妙な人徳ですかね」

と、川井は笑った。

二

上田夕湖は、この日はずっと、深川署内で防犯ビデオの画面を眺めつづけた。

石川苗女が映っていたのは、句会があった七月一日の午前十一時前後。毎月おこなっている句会で、常連はいるが、飛び込み参加者のほうが多いという。

昨日、ざっと訊いたところでは、石川苗女の参加はおそらく初めてということだった。

　推定された殺害日は、七月三日だった。

　もし、句会の後、殺されたなら、殺害日は七月一日ということになる。二日前である。

　防犯ビデオに写っている石川苗女は、顔がよく見えていない。カメラは斜め上だし、光量が乏しい。複写を取り、コンピュータでできるだけ鮮明にしてもらうよう手配した。

　そのあいだ、夕湖は高井と手分けして、元のビデオを丁寧に見ていった。

　すると、いくつか気になることが出てきた。

「この男は連れかな」

　隣にいた高井に言った。

　石川苗女は、一人で館内に入って来ている。それからざっと、展示物を見て回るが、このときも一人である。

　それからいったん外に出た。

　庭で句会の開始が告げられ、参加者はそれぞれ庭や、隅田川の川べり、あるいは小名木川のほうまで行き、一時間のあいだ句作に励んだ。

その後、館内の二十畳ほどある和室で句の発表がおこなわれ、館長が優秀作を選んだり、短冊を書いたりした。

そこいらのことは、防犯ビデオにはまったく映っていない。ビデオは、あくまでも展示物の盗難防止のための設備なのだ。

ただ、一度だけ、石川苗女が帰るときか、瘦《や》せて背の高い男性と話をした。そのとき、石川が男性の腕のあたりをぽんと小さく叩いたのだ。そのしぐさが、なんとなくなれなれしい感じに見えた。

「あ、そうかな」

「これ、二番目の遺体の男じゃないよね？」

「違うと思いますけどね」

「ここ、芭蕉史料館に持ってって、館長に見てもらう？」

「今日、史料館は休館ですよ」

「そうか。まだ、ほかにも出てくるかもしれないし、急がなくていいね」

高井は、鑑識から来た二番目の男のデータを確認した。
・身長は百七十センチ。体重は、生きているときの推定で六十五キロ。

・推定年齢六十歳。
・推定死亡日時は、石川苗女らしき女と同じ七月三日。
・肥《ふと》ってはいない。むしろ筋肉質。
・血液型A型。
・虫歯治療痕あり。上に三本、下に二本の差し歯あり。
・胃にステージ2の悪性腫瘍《しゅよう》。未治療。
夕湖もこれをのぞき、

「がんだったんだね。殺されなくても、何年か後には、亡くなってたのかな」

と、言った。

「どうですかね。ここですぐに医者に行けば、助かる確率のほうが高いでしょうが」

「それはわからないよね」

人間の運命みたいなものを考えながら、夕湖はビデオを見つづける。人が映ってないところは早送りで飛ばすが、それでも大変な作業である。なにせ、一日八時間の三十日分だから、高井と分けても十五日分もあるのだ。しかも、面白いストーリーがあるわけでもない。

三

「ああ、疲れたぁ」

と、夕湖が帰る支度を始めた九時ごろになって、大滝がもどって来た。

「どうだった？」

「あのおばさん、ぜったい怪しいぞ」

大滝は嬉しそうに言った。

昨日の捜査会議で、大滝は芭蕉史料館の館長の名を出して、

「刑事の勘と言うしかないのですが、芭蕉史料館の館長・綿貫与里子《わたぬきよりこ》・五十一歳は、連続殺人の犯人だと思いました。というのも、わたしが芭蕉忍者説について、ちらっと話しただけで激高しまして、あの怒りようは怖いくらいでした」

「大滝でも？」

深川署の刑事課長が、からかうように訊いた。

「わたしに向かって『毒、盛るわよ』とまで言ったのです」

「ほう」

刑事たちがいっせいに大滝を見た。

「同じように、あそこを訪ねた客が芭蕉忍者説を話したら、あいつは激高し、船に誘って、毒を飲ませたに違いありません」

「そこまで思ったのか？　だったら、調べてみるか？」

深川署の署長が呆れたように訊いた。

「ぜひ、やらせてください」

こうして、大滝は今日、べったり館長を探って来たのだ。

「え？　館長、そんなに怪しいの？」

「たぶん、上田たちの努力は空《むな》しくなるね」

「へえ」

「今日は史料館が休館日だったので、おれは丸一日、あのおばさんを付け回して来た」

名前でも、館長でもなく、「おばさん」呼ばわりである。

「よく、ばれなかったね？」

「もちろん、注意は払ったよ。野球帽にスタジアムジャンパーを羽織り、マスクもしてたからな。イメージが違うからわかるわけがない」

「まあね」

「おばさんは独り者。家は、都営新宿線の東大島《ひがしおおじま》の高層マンションで、そこから森下まで通っている」

「ああ、あそこらは荒川《あらかわ》が眺められて、景色がいいんだよ」

と、深川署の高井が言った。

「ところが、おばさんの住まいは、四十二階建てのマンションの二階部分。しかも川の反対側だから、なんでわざわざこのマンションにと思ってしまうだろ」

「それは個人の事情だよ。高層マンションの二階に住んでるから、怪しいとは言えないでしょうが」

と、夕湖は言った。

「おばさんは、休みの日でも八時半に家を出た。それで、隣の船堀《ふなぼり》駅に行き、駅前の市民センターで開催してた俳句教室の講師として出席した」

「立派な行動じゃん」

「まあ、聞けよ。なかには入れないので、おれも窓からのぞき見する程度だった。講義が終わったあと、おれは生徒に講師の印象を訊いたんだ。すると、評判悪いね。まあ、偉そうなんだと。O女子大出を鼻にかけ、まず、若い女性の俳句は褒めたことないって。それで口ごたえすればヒステリー。そのくせ、男にはけっこう優しいらしい」

「ふうん」

「その子は、習うのはやめたほうがいいと言ってたぞ。俳句が嫌いになるって。それで、十時半に終わると、おばさん、電車に乗って、二つ都心のほうに向かい、大島駅で降りた。ここの駅前にあるわりと大きな病院に入ったんだ。ここからが変なんだ」

「どう変なの?」

「なかに入ると受付に寄らず、入院棟のほうに行った。誰かの見舞いに来たのかと思ったら、そうでもない。廊下を行ったり来たりしているんだ。そのうち、院長の入院患者の回診が始まった。おばさん、それを廊下の隅で、じいっと見守ってるんだ。それで、回診が終わると、病院を出てしまった」

「なに、それ?」

「おれだって、知らないよ。次に、おばさんは駅に行き、ベンチに腰掛けると、持って来たおにぎりを一つ食べ、持参の魔法瓶からお茶を飲んだ」

「駅のベンチで?」

「そう。いちおう人には見られないよう、気をつけてたけどな」

「倹約家なのかしら」

「あのおばさん、着ているものは、どれもブランドのいいものらしい。館長と言ったって区の職員だから、そんなに給料が高いわけがない。ほかで倹約するしかないだろう。そういう女が、自分よりいい服を着た同年代の女に、芭蕉を馬鹿にされてみろ、あのおばさんなら間違いなく毒を盛るぞ」

「……」

「おばさんはそれから、新宿まで出た。それから、都庁に行き、都庁のなかを三時間ほど行ったり来たりした」

「なに、それ？」

「おれだってわからないって。こっちもいい加減疲れたぞ。おばさんも疲れたんだろうな。裏の公園に行き、木陰のベンチに座り、本を読んでいたが、そのうち居眠りを始めた。これが大爆睡だよ。一時間以上も寝やがった」

「きみはそのあいだ、見張ってたんだ？」

「おれだって眠くなるよ。じつは寝過ごして、いったん、見失った。それで、東大島のマンションに七時ごろ帰って来たのを見つけた」

「ふうん」

確かに怪しい。だが、まだ断定はできない。

四

月村が家で史料を読みつづけている。

――ほんとに、おかしい。

何度も首をかしげる。田辺の贋者説は、じっさいあったとしても、不思議ではないような気がしてくる。

とくに、旅の後半になると、曾良の行動はどんどん怪しくなり、ついに芭蕉とは別れてしまうのである。

これは、どう考えても、異常事態だろう。

夜になって、田辺惣一郎から電話が入った。

「月村くん、どう、贋者の件は？」

田辺は暢気な調子で訊いた。

「八十村路通はやはり変ですよね」

と、月村は言った。

「うん。路通は変」

田辺は軽く言った。

「芭蕉が『おくのほそ道』に旅立つと、自分もすぐにいなくなり、敦賀で芭蕉を出迎えています。あんな、予定のはっきりしない旅に出た人を出迎えることは難しいですよね？」

「そりゃあ、ずっといっしょに動いていたんだから、出迎えられるわな」

田辺は当然のように言った。

「ですので、曾良にもし影武者がいたとしたら、路通がぴったりだと思います。問題は芭蕉なのですが」

と、月村が、卜宅、嵐蘭、北鯤の三人を挙げると、

「月村くん。なに言ってるの。卜宅に決まってるだろう」

田辺はいきなり断定した。

「そうですか？」

「卜宅は藤堂藩の藩士だぞ」

「ええ」

「伊賀は藤堂のものだろうが」

「そうですよね」

「芭蕉からしたら藩主だろうが。それで、決まり」

決めてしまった。

「では、藤堂家が芭蕉たちを使ったのですか？」

「藤堂は土木関係の権威だろう。伊達藩は日光東照宮の修復を担当した。伊達の手抜きなどを見破れば、伊達失墜も画策できる」

藤堂家は、伊勢国の津と伊賀で二十七万石。

伊達家は六十二万石。

もしも仙台に国替えなどになれば、所領は倍増する。

「でも、伊達藩はこの修復工事を押しつけられて、財政的に大変な思いをしたみたいですが」

と、月村は言った。

「藤堂がうまく押しつけたんじゃないか？」

「なるほど。藤堂対伊達ですか」

「月村くん。見えてきたねえ。ほぼ七割は固まって来たんじゃないの。これで映像化が決まれば、三十万部は堅いんじゃないの」

田辺はご機嫌だった。

五

翌日――。

本庁のほうから、かなり鮮明になった防犯ビデオのコピーが届いたので、さらに見直していくうち、

「ねえ、高井さん。この人、どう思う？」

六月の二十五日の録画分をストップして、隣にいた高井に声をかけた。

「あ、石川苗女みたいですね」

「でしょ。それに、このスカート、たぶん同じデザイナーのものだよ」

ビデオではよくわからないが、柄物であるのはわかる。

「なるほど」

「二点揃《そろ》うと、買ったところも特定しやすくなると思うよ」

「じゃあ、ここのブランドの店に訊きに行かせましょう」

「それよりも、ここ」

と、夕湖は、石川苗女のわきにいる男を指差した。二人は話はしていないが、なんとなくいっしょに来ているという感じがする。

「こいつですね」

高井は画面の男に指をつけた。

「この男。殺された男じゃないかしら？」

「感じ、似てますね」

「この体格で、遺体と同一人物か、鑑定できるよね？」

「できるでしょう」

本庁の鑑識にメールを送り、依頼した。

返事は一時間もしないで来た。

「九〇パーセントの確率で、同一人物よ」

「やりましたね」

「とりあえず、芭蕉史料館の館長には訊くべきよね」

まずは電話連絡をし、館長がいるのを確かめると、鮮明になった画像を入れたパソコンを持って、史料館に向かった。

入口を入ろうとすると、大滝がいるのが見えた。今日はポロシャツにジーンズで、前日とは色違いの野球帽をかぶっている。夕湖たちを見ると、小さくうなずいた。

館長は硬い顔で待っていた。

「この人なのです」

夕湖がパソコンの画面を見せると、

「この人がなにか？」

「たぶん、石川苗女と同じ日に小名木川の岸か、船の上で、殺害された人です」

「まあ」

顔が、さあっと夕立でも降ったみたいに青くなった。

「ご存じの方ではないですか？」

「いいえ、知りませんよ、こんな人」

「見覚えはないですか？　よく見てください！」

ちゃんと見ようとしないので、夕湖はつい口調がきつくなった。こんな感じで、月村少年のことも叱ったのだろうか。

「知らないわよ。警察ってほんと、感じ悪い」

館長はまたも、きりきりと目を吊《つ》り上げて言った。

六

その後も、夕湖は防犯ビデオを見つづけた。

ほかに、周辺のコンビニや、森下駅と清澄白河駅の防犯ビデオも入手し、被害者らしき男女が写っていないか、チェックを始めた。

いまや捜査本部の隅に五台のモニターが並び、深川署の女性署員が駆り出されてチェックを手伝ってくれている。

だが、これぞという画像は見つからず、ほかの捜査員たちからも、ほとんど報告がない。今日は捜査会議もなく、全員、いまの調べを継続することだけが伝えられた。

午後六時ごろになって――。

「ついに、見たぞ、おれは」

大滝が興奮して帰って来た。午前中に史料館のわきで見たのと同じ格好である。

「なに、どうしたの？」

と、夕湖が訊いた。

「館長だよ。あいつ、隠しカメラを持ってるんだ」

「隠しカメラ?」

「そう。今日は仕事帰りに大島の駅前の病院に立ち寄った。院長回診はない。だが、あのおばさん、院長が勤務を終えて出て来るのを待ってた。それで、後をつけた」

「嘘」

「ほんとだよ。院長は二駅だけ電車に乗り、住吉《すみよし》で降りた。途中、買い物をして、猿江恩賜《さるえおんし》公園近くの立派なマンションに入った。そこが自宅らしい。おばさんは、院長が買い物をするとき、前のほうに回って、バッグをこんなふうにして、前を向けるようにすると、握っていたリモコンみたいなやつでカシャッ、カシャッ」

「ほんとに? 音がしたの?」

「音はしないよ。でも、雰囲気でわかるだろうが」

「そうだね」

夕湖も、確かにあの館長はなにか変だとは感じた。

もしかしたら、大滝は怪我《けが》の功名で犯人に迫ったのかもしれない。

「あれだけで捜査令状はもらえないだろうけど、明日は女性捜査員をつけてもらう。上田、お前、来るか？」

「わたしは駄目だよ。しっかり顔を見られてるもの」

「そうか。よし、ちょっと本部長にお願いするか」

大滝は意気揚々と、署長室へ向かった。

七

忙しいが、夕湖の機嫌は悪くない。

深川通いのため、仕事が終わると、毎日、八丁堀の月村と会って帰ることができる。月村も取材旅行は入っておらず、ずっと家にいた。

昨日は月村の家に泊まったので、今日は帰らないといけないが、仕事を七時に終え、七時半に八丁堀で待ち合わせ、月村がいきつけのカレー屋〈デリー〉へ。

月村はカレーが大好きで、とくに七月、八月あたりは、毎日、カレーを食べないと「身体《からだ》が持たない」のだそうだ。

この店は、有名な上野の〈デリー〉からのれん分けした店だが、最近は本店をしのぐらい評価が高い。同じ八丁堀にあるので、当然、月村は週に一、二回の頻度で通っている。

月村は辛さ星五つのカシミールカレー。それに、いつものように目玉焼きをつけた。

夕湖は、星三つのインドカレー。それでも、充分、辛い。ここのはサラサラしたスープのようなカレーなので、カロリーもたぶんそんなに高くない。カレーは意外にカロリーがあるので、注意がいるのだ。

「そういえば、このあいだ、うちの母親が急に月村くんのことを思い出したんだよ」

食べながら、夕湖は言った。

「へえ」

「雑誌で名前見たんだって」

「すぐわかったの？」

「先祖が八丁堀の同心て書いてあったから」

「なるほど」

「ちょっとぼんやりしてて、あんた、登校班のときとか、いつも叱ってたよねって。あたし、そんなに叱ってないよね？」

「……」

「やあだ」

「歳取っても、ずっと叱られるのかな？」

「変なこと、言わないで」

「そういえば、遺体の件で、聖パウロホームは当たった？」

月村は急に小声になって訊いた。歳取ったという言葉から連想したらしい。

遺体の身元は、二人ともわからないとは、月村にも話している。

「あそこは老人ホームでしょ」

と、夕湖は言った。

有名な老人ホームである。聖パウロ病院の隣の高層ビルの上にあり、一階はホテルの入口になっていて、高層階はホテル、真ん中がホームになっている。もちろん、聖パウロ病院の完全介護がなされる。

「石川苗女は、いかにも元気そうな五十代の女性よ。老人ホームになんか、いるわけないじゃん」

「そうかなあ、老人ホームって、子どものいない大金持ちが、若くして入る例も少なくないらしいよ」

「そうなの」

「なんせ、医療面の不安はなくなるし、ホテルみたいなところだから。世田谷のほうには超高級老人ホームはけっこうあるらしいけど、ここらへんだと聖パウロホームが有名だよね。高級老人ホームは盲点かもしれないよ」

聖パウロホームは、入所料も目の玉が飛び出るほど高く、確か最低でも一億円、さらに毎月の費用が高額だと聞いたことがある。元総理の母だの、経営者の妻だの、有名小説家だのがいっぱいいるらしい。

「それは考えなかったなあ」

カレー屋であまり捜査に関する話はできないので、月村の家に立ち寄り、試しにまず、聖パウロホームに電話で問い合わせてみた。

「警視庁捜査一課の上田といいますが、そちらに入所されている人で、行方不明になっている人はいませんか？」

警視庁からの問い合わせというので、ちょっと慌てた気配はあったが、

「そういう方はいらっしゃいませんよ」

きっぱり否定した。

「そうですか」

諦めかけたが、月村がわきから、

「旅行に行っている人は？」

と、小声で言った。オウム返しに訊くと、

「あ、旅行中？　そういう人は何人かいらっしゃいます」

相手は、パソコンの画面を見ながら答えているらしい。

「女性で、七月の頭くらいからお出かけになっている方は？」

「ええと、あ、はい。石川早苗《さなえ》さんという方が、七月一日から半月ほど、東北の旅行に出かけられています」

第四章　しのぶ文知摺《もちずり》の里の殺人

一

月村が、これから同僚と待ち合わせて聖パウロ病院の老人ホームに行くという夕湖に、

「なんだか仕事をつくっちゃって申し訳ない」

と、詫《わ》びた。

こういうところが月村らしい——と、夕湖は思う。ぼくのおかげでわかっただろう、なんて顔はぜったいにしない。むしろ、叱られたときの月村少年の面影が浮かんでしまう。それで、夕湖は少し複雑な気持ちになる。

——二十年後にこんなことになるのだったら、あのころもっと優しくしておけ

ばよかった……。

　深川署から聖パウロ病院の前まで来たパトカーには、高井のほかに本庁の吉行もいた。

「先輩、お疲れさまです」

「やったな、上田。まさか、また名探偵か？」

　吉行は夕湖の肩を突っつくようにした。

　三人で、聖パウロホームの受付を訪ねた。迎えに出た女性職員の顔が緊張している。すでに、伺うとは言ってあったが、パトカーまで来たのには驚いたらしい。

　受付の奥には、集中管理の部屋が見えているが、夜でも看護師数人や事務員が残っていた。

「石川さんになにかあったのですか？」

　女性職員が不安げに訊いた。

「亡くなりました。推定死亡日時は七月三日です」

　と、吉行が言った。

「ええっ、そんな馬鹿な」

「部屋を見せてもらいたいのですが」

「ちょっと待ってください。なにかのお間違いでは？　石川さんは、いま、東北を旅していて、三日前に無事だとメールが入っていますよ」

「メールが？」

吉行は振り返って、夕湖と高井を見た。

「はい、ご覧になってください」

職員はパソコンのメールの画面を出し、見るように指を差した。

〈元気でおくのほそ道を旅しています。今日は福島県の郡山という町に来ています。では、またメールします。〉

「ほらね」

「いや、このメールは贋物《にせもの》ですよ。これは、遺体の写真ですが」

と、吉行は写真を見せた。

「まあ」

女性職員は眉《まゆ》をひそめたが、医療関係に従事しているだけあって、嫌悪のなかにあっても真実を見つけようとしてくれたらしく、

「石川さんみたい」

と、つぶやいた。

「どうです。これで納得してもらえたでしょう？」

「ええ、ちょっと待ってくださいよ」

ためらっているところに、白衣を着た若い男が現れた。

「あ、先生。ちょっと」

聖パウロ病院の医師は、職員から説明を聞き、

「ＤＮＡ鑑定などで、もうちょっとはっきりさせられませんか？」

と、言った。

「もちろんしますが、時間がかかるんですよ」

「指紋もですか？」

「指紋？　鑑識を呼びましょう」

吉行がうんざりした顔で、連絡しろというように夕湖にうなずいた。

「こちらも入所者のプライバシーなどを守らなければなりませんので」

「深川の連続殺人でしてね。早いところ犯人を捕まえないと、次の犠牲者が出るかもしれないんですよ。こうしているあいだにもね」

吉行はプレッシャーをかけるように、若い医師を見た。

若い医師は、少したじろいだような顔をして、

「所長には訊いてないの？」

「あ、まだです」

「所長がいいと言うなら、いいんじゃないの？」

所長の電話でようやく許可が下り、吉行たちは二十五階の石川早苗の部屋に入った。

「ほう」

広い1LDKで、ほとんどホテルと変わらない。インテリアはシンプルながら、それなりに豪華で洒落ている。

ぶ厚いカーテンを開けると、眼下に隅田川、目の前に石川島の高層マンション群が見えた。

「病室とは思えませんね」

と、吉行は言った。

「そもそもここは病室じゃないです。とくに、石川さんはお元気でしたから、医療の道具もありませんしね」

女性職員が言った。

「おいくつだったんです？」

「五十八です」

「ご家族は？」

「離婚なさったとか聞いたことはありますが。ご親戚とかの付き合いは少なかったみたいです」

「なにしてたんです？」

普通のＯＬが五十代になっても、こんなホームには住めない。

「さあ。もともと家がお金持ちだったか、別れたご主人から慰謝料をたっぷりもらったとか」

吉行はうなずき、

「鑑識が来るまで、触らないでおこう」

と、夕湖たちに言った。

窓の前のソファに座りたいと思っていた夕湖は、肩をすくめた。

「出発の日は？」

吉行が訊いた。

「七月二日でした」

女性職員が答えた。

「二日？」

「一日の夜は、ここにいたのですね？」

「はい」

芭蕉史料館に来たのは七月一日である。

あのあと、すぐに殺されたわけではなかったのだ。

「この施設は、外部の人が泊まったりすることはできるんですか？」

「できますよ。ただ、ちゃんと手続きはしていただきますが」

吉行が、お前もなにか訊けという顔で夕湖を見た。

「旅のことでは、出かけるときになにか言ってなかったですか？」

と、夕湖は訊いた。

「四人で、『おくのほそ道』を回るのよとおっしゃってました」

「嬉しそうでした？」

「そうですね。懐かしそうというのかしら」

「懐かしそう？」

夕湖が首をかしげたとき、鑑識課員が二名、下から上がって来た。

夕湖はこの場を外し、下の管理室で、石川早苗のデータをもらうことにした。

翌朝――。

夕湖は朝九時に、聖パウロホームにやって来た。

ゆうべは結局、月村の家に泊めてもらった。家にはもちろん、深川署の宿直室泊まりと伝えた。

捜査員の数が増えているし、ホームの所長や病院からも事務員が来て、ホームの管理室は混雑していた。

「吉行さん。この贋メールを打って来た相手は、まだ石川さんの携帯を持っているわけですよね？」

「ああ。だが、かけても出ないぞ。電源が入っていない」

昨日、夕湖がほかの仕事をしているあいだに試したらしい。

「では、こっちからメールを打ちましょうよ」

「メールか」

「逆探知はできますよね？」

吉行が電話会社の者が来ているかを確認すると、来ているとのこと。電話やメールが入れば、すぐに本局などと連携し、即時に居場所はわかるらしい。

「捜査会議で諮《はか》らなくていいかな？」

と、吉行は言った。

「そんな悠長なことでいいんですか？」

「そうだな。よし、やろう。だが、なんて打つ？」

「なんて打ちましょう？　当然、持っているのは犯人でしょうし……」

ちらりと、史料館の館長の顔が浮かんだ。

「なんて打ちましょう？」

「ま、当たり障りのないものにしておけ」

〈昨日、石川さまを訪ねていらっしゃった方がおりました。上田さまという方で、また、来るとおっしゃっていました。お風邪などひかないよう、お気をつけて〉

と、打ち込んだ。

「これでいいですよね」

「ああ」

送信した。

はたして返事が来るかどうか。

二

夕湖が仕事に出かけると、月村は屋上で軽く体操をしてから仕事に取りかかった。

しばらくして、田辺惣一郎から電話が入った。

「よう、月村くん」

「いま、どちらです？」

「福島だよ」

「あ、けっこうゆっくりしたペースですね」

「そうだな。須賀川でいろいろ調べものをしたあと、郡山《こおりやま》周辺を見て回ったりしたんだ」

「須賀川から福島は、郡山の宿で一泊しますが、ここらもうろうろしてますね」

月村は、机の前に貼った『おくのほそ道』の旅程表を見て言った。

「ああ。かつみとかいう花を探したりするんだよ。それから、鬼婆《おにばば》の伝説がある安達ケ原《あだちがはら》にも寄っているよな」

「そこを回ったんですか？」

「そりゃそうさ。そして、福島に来たら、ちょうど競馬の開催にぶつかってさ」

「ははあ」

田辺は競馬が好きで、しかもけっこう馬券を当てるとも聞いたことがある。月村は、ギャンブルの類《たぐ》いはパチンコすらしない。

「一日、無駄にした。これが間違いのもとでさ」

「なにかあったんですか？」

「今日、芭蕉が立ち寄ったしのぶ文知摺《もちずり》の里ってところに来たんだが、なんか殺人事件があったらしくて、近づけないんだよ」

「殺人事件？　どういうことですか？」

月村は、嫌な予感を覚えながら、田辺に訊いた。

しのぶ文知摺の里には、二度、行ったことがある。福島の町はずれの田園地帯にあって、観光名所というようなものではなく、木立のなかに観音堂と大きな石がある程度のところである。

「近づけないからわからないんだ。だが、石があるところの木立のなからしいな。見つかったたばかりみたいだぞ。あ、また、パトカーが来た」

「写真をメールで送れますか？」

「ちょっと待ってくれ。おれのはスマホじゃないから、高嶺にさせるよ」

「お願いします」

まもなく高嶺から、写真が届いた。

青いシートで囲まれたところは、まさにしのぶ文知摺石《いし》のあるあたりだった。

電話を切り、月村は夕湖に連絡することにした。

三

夕湖の携帯電話に月村からメールが来た。

「大至急、伝えたいことがある。電話欲しい」

のんびりした月村にしては珍しい。

席を外し、ホームの外に出た。外は喫煙場を兼ねた公園のようになっていて、隅田川がすぐそこを流れている。

「どうしたの？」

「仕事中、ごめん。じつは、福島を旅行中の人と電話していたら、芭蕉が立ち寄ったとされるしのぶ文知摺の里というところで、殺人事件があったらしいんだ」

「ええっ」

「遺体は発見されたばかりらしいよ。初動捜査が大切になるかもしれないので、伝えようと思ったんだ」

「ありがとう」

電話を切って、なかに入った。

すると、パソコンの画面を見ていた職員が、

「あ、石川早苗さんからメールが入りました」

と、大きな声で言った。

いっせいに駆け寄って、メールの画面を見た。

〈上田さん？　誰でしょう？　もどったら、調べます。わたしは元気ですよ〉

と、かんたんな文がつづられていた。

「アドレスは？」

吉行が訊いた。

「いままでと同じです」

「逆探知はできますか？」

近くにいた電話会社の社員が、大丈夫というようにうなずき、どこかに連絡すると、

「福島市の東の郊外ですね。すぐに切られたそうです」

このやりとりが終わるとすぐ、

「吉行さん。福島の芭蕉関連の場所で殺人事件があったそうです」

と、夕湖は伝えた。

「なんだと」

「いま、メールをくれたところじゃないですか？」

「よし、福島県警に連絡しろ」

高井がすぐに電話をしたが、県警の電話受付が該当の部署となかなかつなげないらしい。まだ、県警は出動していないのか。

わきにいる夕湖もじれったい。

「どうしました？」

向こうの声がした。通話はそばで聞こえるようにしたのだ。

「こちら、東京の警視庁の者ですが、そちらのしのぶ文知摺の里で起きた殺人について、大至急、連絡したいことがあるんです。現場の捜査員とつないでもらえ

ますか?」

吉行が、高井のスマホの前に顔を突き出して言った。

「ちょっと待ってくださいよ」

向こうもかなり、ばたばたしているらしい。

「吉行さん。野次馬たちを押さえてもらいましょう。それと、周囲にいる野次馬たちの写真をいっぱい撮っておいてもらってください」

と、夕湖がわきから言った。

「よし。ただ、話が通じないんだよ」

どんどん時間が過ぎる。

五分ほどしてやっと現場の者が出た。

「殺しの現場の方ですか?」

「はあ」

「警視庁捜査一課の吉行といいますが、大至急、お願いしたいことがあります。いま、そちらの現場に野次馬たちはいますか?」

「ええと、いますね。マスコミの車が来て、それで集まって来たのもいるから、二、三十人はいますかね」

「その野次馬たちの写真を撮っておいてください。ばれないように。それから、野次馬たちに動かないように言って、もし、逃げ出す者がいたら、職務質問をしてください」

「いやあ、いま、手が足りなくて」

相手は、忙しいときに面倒なことを言うなという調子である。

「連続殺人の犯人がその近くにいるんですよ！　そこの被害者は、三人目なのです！」

「え、そりゃあ大変だ」

ことの重大さにやっと気づいたらしい。

「よし。上田、おれたちもすぐ福島だ」

「はい」

深川署の高井はここに残る。とりあえず、吉行と夕湖が福島に向かい、状況次第で応援を頼むかどうか、検討することにした。

吉行と上田は、タクシーを拾って東京駅に急いだ。

四

東京駅で、いちばん先に出る新幹線に飛び乗った。

福島までなら〈やまびこ〉が先に着く。もちろん自由席だが、車内は空いていて座ることができた。もっとも、始終、連絡が入るため、眠ることもできない。

吉行に「食べておこう」と言われ、サンドイッチを半分だけ食べた。

一時間四十分ほどで福島に着いた。外に出ると、東京より暑いくらいである。

駅からタクシーで二十分ほど。

途中、電話で訊いたところでは、野次馬は一とおり写真に収めたが、職務質問を始めると、いつの間にかいなくなった連中もいたという。

「拘束できなかったのかね」

吉行は悔しそうに言った。

「無理でしょう」

田園地帯を走り、山裾《やますそ》が近づいて来ると、ロータリーのようになった右手が、しのぶ文知摺の里らしい。

まだパトカーが五台ほど停まっている。

青いシートに向かって進み、制服警官に、

「警視庁の捜査一課です」

そう告げると、すぐに私服警官が五人ほど近づいて来た。

「お疲れさまです。県警本部長の竹下《たけした》です」

連絡が行き、大事件だと本部長まで出て来たらしい。

つづいて、福島署の署長と刑事課長を紹介され、

「先ほど、警視庁からデータをいただきました。こちらの状況と照らし合わせても、連続殺人でしょうな」

と、刑事課長が言った。

「ご説明は捜査本部ができてから詳しくいたしますが、野次馬たちはどうです?」

吉行は周囲を見ながら訊いた。

「職務質問されるという話が回ってしまったらしく、ずいぶんいなくなってしまいました。話を聞いた者のなかには、おそらく該当者はいないと思われます」

マスコミも詰めかけ、ものものしい気配になっている。

「写真を見せてください」

現場で撮ったスマホの写真のデータをパソコンでもらい、一とおり見ることにした。

「吉行さん。これ」

夕湖は、女が写っている写真をズームで拡大した。

「似てるな？」

「ですよね」

石川早苗と雰囲気が似ている。

「こいつは？」

と、近くにいる男を指差した。

連れのようにも見える。写真で見た感じでは、ひどく生気がない。

「この女の話は聞いてますか？」

「いやあ、聞いてませんね」

「遺体は？」

「早く解剖に回したいので、持って行きました。現場で写真を見てもらいながらご説明します」

石塔で囲まれた巨石があり、その右手は森になっている。

女性の死体は、森に入ってすぐのところに、横向きに倒れていた。身元がわかるものはなにもなかったが、着ているものはいずれも高価なブランドものだった。

「この後、どうなさいます？」

刑事課長が吉行に訊いた。

「もちろん、こちらの捜査には口は挟みませんが、逐次、報告していただければと思います」

と、吉行が言った。

「もちろんです。とりあえず、初動捜査に全力を注いでおり、捜査本部の立ち上げは、夜遅くになるかと思われますが」

「わかりました」

吉行はうなずき、

「おれは夜までいて、帰ることになるだろう。あとは、お前に頼む」

と、夕湖に言った。

五

大滝豪介の携帯電話が鳴った。相手は上田夕湖。

地下鉄のなかである。五時を過ぎたばかりで、まだあまり混んでいないので、ドア付近に立ち、着信ボタンを押した。

「もしもし。いま、電車」

大滝は囁《ささや》くように言った。

「史料館の館長？」

と、夕湖も小声で訊いた。向こうまで小声になるのがおかしい。

「そう」

いま、追いかけ始めたところである。

「手短に伝えておくね。福島で三人目の被害者が出た」

「深川署で聞いたが、間違いないのか？」

「間違いないの。それで、推定死亡時刻は今日の明け方、四時から五時。いちおう伝えておこうと思って」

らしい。

代でもスマホをいじくっている女性は多いが、館長はまだ電車で読書するタイプ

大滝は、一つ向こうの車両にいる館長を見た。座って本を読んでいる。あの世

「わかった。じゃあな」

都営新宿線で都心のほうに向かっている。

今日、大滝は深川署の署長から、心配そうに訊かれていた。「ほんとに、殺し

につながりそうなのか？」と。だんだん疑いを持ち出したらしい。昨日、女性の

捜査員をもう一人つけてくれと頼んだのだが、そんな余裕はないと、一蹴されて

しまった。「わたしは確信してますが」と大滝は答えた。「冤罪《えんざい》だけはやめてくれ

よ」と、最後に言われた。

館長は神保町《じんぼうちょう》で降りた。皇居のほうへ急ぎ足で向かっている。

三百メートルほど歩いてから立ち止まり、並木に身を寄せるようにした。K女

子大の前である。

館長は確かO女子大出を自慢してると俳句教室の生徒が言っていた。この女子

大となんの関係があるのだろう。

館長はふいに、木陰に身を隠すようにした。

初老の男が大学のなかから出て来た。守衛に挨拶し、近くにいた学生にも軽く手を振った。ここの教授らしい。

館長は後をつけ始めた。

大滝は守衛に警察手帳を出し、いま出て来た人の名を訊いた。

「東《あずま》先生です。仏文の教授です」

東教授は神保町ではなく、竹橋《たけばし》のほうへ向かっている。館長は後をつけて行く。それをさらに大滝が後をつける。

東西線の竹橋駅に入った。人混みなので接近しないと見失う。三人の距離がどんどん詰まった。

東教授は日本橋方面の電車に乗った。館長が東教授に見つからないようこっちを向くので、大滝はうまく顔を隠さないといけない。

東教授が降りたのは、門前仲町《もんぜんなかちょう》だった。数分歩いて、運河沿いのマンションに入った。あまり新しそうではないが、前が運河のため、景色などはよさそうである。

館長は東教授がなかに入ると、エレベーターが何階で止まるかを確かめた。それから郵便受けの名前を見て、急に走り出した。運河の反対側に行き、部屋を確認するつもりらしい。

大滝も追いかけ、二十メートルほど離れて、行動を見守った。六時を過ぎたが、まだ明るいので、そばには寄れない。

マンションの七階の部屋のカーテンと窓が開き、東教授が見えた。どうやら、蒸れた部屋の空気を入れ換えているらしい。外に干してあった洗濯物は、なかに取り込んだ。大滝の暮らしと変わらない。東教授も独身なのだ。

館長は通行人のふりをしながら、下の通りを歩いている。だが、視線はしっかり七階に向けられている。

それから暗くなるまで、館長は遠くから東教授の部屋を窺った。二人は付き合ったことでもあるのだろうか。いや、それはないだろう。名刺くらいは交換したのかもしれない。あとは一方的な館長の片思いだ。

ようやく暗くなってきた。だが、七階の東教授の部屋のカーテンは引かれない。東教授がTシャツに半ズボンの姿で、行ったり来たりするのも見えた。片思いの女が見れば、あれも愛《いと》おしいのか。だが、館長は病院の院長にも同じようなことをしているのだ。

館長がバッグからなにか取り出した。それを顔の前に構えた。

間違いない。盗撮している。

大滝は駆け出し、いっきに館長に近づくと、しまおうとしたカメラを摑《つか》み、

「館長。盗撮はいけませんね」

と、言った。

「あなたは……」

「この前は〈大島病院〉の院長。今日はK女子大の東教授。後をつけまわしてるでしょうが」

館長は憮然《ぶぜん》として、大滝に言った。

「やあねえ、あなた、ストーカー？」

六

月村は、史料読みに疲れ、コーヒーを飲みに外に出た。それでもポケットには『おくのほそ道』の文庫本を入れた。

八丁堀はあいにくとコーヒーショップが少ないので、宝町《たからちょう》のほうへ歩いた。この数年で大きなビルが立てつづけにでき、一階や地下にコーヒーショップが入っ

ていた。

スターバックスに入り、コーヒーを受け取って腰かけた途端、電話が鳴った。外の椅子《いす》なので遠慮なく出ることにした。

「おお、月村くん。いま、飯坂温泉《いいざか》なんだよ。今晩からここに泊まろうと思ってね」

「ああ、芭蕉はあのあたりをあまりよく書いてなかったですね」

そこは、角川文庫の現代語訳を引用すると、こんな具合なのだ。

その夜は飯塚（飯坂）に泊まる。まず湯に入って宿を借りたところ、土間に筵《むしろ》を敷いて、いかにも粗末な貧しい家であった。燈火もないので、囲炉裏《いろり》の火明かりにすかして寝床をつくって横になった。夜に入ると雷が鳴り出し、雨が土砂降りになって、寝ているうえから洩《も》り出すし、蚤《のみ》や蚊にそこらじゅう責められて、眠るどころではない。そのうえ、持病まで起こって、気も遠くなりそうだった。そうこうするうち夏の短か夜の空もどうにか明けたので、また旅立った。

と、まあ、這《ほ》う這《ほ》うの体《てい》である。

せっかくの温泉だというのに、気持ちよく入った気配はない。

曾良の日記のほうを見ると、この夜、雨が降ったのは事実らしいが、芭蕉のような愚痴はなにもない。

「飯坂に宿。湯に入る」

と、それだけである。

「そうなんだ。なんでだと思う？」

と、田辺が訊いた。

「なんでですかね。芭蕉の持病は胆石だから、冷えてかなり痛んだのでしょうか」

「病のせいだと思うか？」

田辺は違うと言わんばかりである。

「なんか、人の気配でも感じたのですかね。襲われるような気配を。だから、こんなに眠れなかったのかも」

「そういうこと！　芭蕉はここで襲われたんだよ。ぼくはここで、たっぷりアクションをさせるつもりだよ」

「へえ。でも、誰が襲って来たんですか？」

「決まってるじゃないか。伊達だよ」

「伊達？　もうすぐ伊達藩に入るわけですから、わざわざ他藩で騒ぎを起こさなくてもいいのでは？」

「そりゃあ、違うよ、月村くん。伊達藩ではやらず、他藩でやってしまえば、いろいろ言い逃れも利くというものじゃないか」

「だが、やばいでしょう。飯坂は板倉《いたくら》藩でしたっけ？」

「ところが、やっぱり現地に来て調べてみるもんだねえ。この飯坂村というのは、伊達家とは深い縁があり、伊達家の分家筋が飯坂姓を名乗って、この一帯に住んだらしいぜ」

「そうなんですか」

であれば、いろいろ都合のいいようにできたかもしれない。

「芭蕉の悪印象もむべなるかなだよな。ふっふっふ」

田辺は小説の構想がうまく進んでいるらしく、機嫌がよかった。

七

大滝は、館長を連れて行く途中でヒステリーを起こされても困るので、タクシーを拾って、深川署に入った。

「逮捕ですか？」

「逮捕もできるけど、嫌だろう？」

「訴えるわ」

すぐわきで目を光らせながら言うので、不気味である。こうなるとたいがい、女は泣きじゃくったりするのだが、たいした気の強さである。

大滝は、やはりこの女は犯人だという思いを強くした。

門前仲町から深川署まではすぐである。

取調室に入って、押収したカメラの画像を確認した。

「よく撮れてるじゃないか」

さっきの東教授のマンションである。屋内にいる教授の顔もはっきり写っている。盗撮はかなり慣れているらしい。

「東教授は、独身だろう？　知り合いなのか？」

「知りませんよ」

「じゃあ、東教授に訊くしかないな」

「やめてください。一度、芭蕉史料館で講演をしていただいただけです」

「なるほど。館長の好みってわけですか？」

「好みなんて下品な言い方、やめてください」

「じゃあ、なに？」

「不釣り合いじゃない相手ってことです」

館長は胸を張って言った。

次に大島病院の院長の写真がつづいた。

「院長先生も、館長と釣り合うわけか」

「ふん」

「ふん、じゃないの。院長も知り合い？」

「別に。ただ、あの病院には何度かかかったことがあるだけです」

そこで見初めたのだろう。

「大学教授に医者、こっちの人は？」

三人目の男の画面を見せながら訊いた。羽田モノレールのなかで、景色を撮るふりをして撮ったような写真もある。

「ＪＡＬのパイロットですよ。なあに、男性の写真、撮っちゃ悪いんですか？芸能人の追っかけなんか皆やってるでしょうが」

「これくらいでおさまっていればいいんだけどね」

「どういう意味？」

館長は声を荒らげた。

そのとき、大滝は深川署の刑事課長に呼ばれた。

「あの女は、家のなかまで入って撮ったりしてるのか？」

「いや、マンションの庭には入ってますが」

「それくらいだと難しいぞ」

じっさい、あの館長は訴えたりしかねない。

「狙いは盗撮じゃないですからね」

「だが、今日のところは適当に帰せよ」

「そうですか。でも、もうちょっと粘らせてください」

と、取調室にもどった。

「皆、立派な人ばかりだね」

「あたしにも選ぶ権利はありますから」

「芭蕉史料館の館長だもんな」

からかうように言ったら、凄い勢いで机を叩き、

「馬鹿にするわけ？」

と、また怒鳴った。

「馬鹿にはしないけど。ん？」

四人目の男に見覚えがあった。

「この男は？」

「え、知りませんよ」

館長の顔が強張《こわば》っている。

「あれ？　誰だっけ？」

すぐには思い出せない。が、生きた顔ではなく、死んだ顔で思い出した。

「ああっ、こいつ、殺された男じゃないか。やっぱり、お前が殺したのか？」

「殺す？　なに、馬鹿なことを」

大滝は、高井を呼んで来た。

「おい、これを見ろよ」

「え？　五本松のところで殺された男じゃないですか？　史料館の防犯ビデオに写ってましたよ。六月二十五日の分でした。あ、この男を知らないかって、館長にも訊きに言ったんですよ。知らないって」

「忘れてたんです。いま、思い出しました」

「誰なんだ、こいつは？」

家も写っている。車に乗る姿も。

「史料館に来ていたので、後をつけたんです。身なりも上品で、落ち着いた感じの人だったから」

「名前もわかるんだな？」

「時波紳二郎《ときなみしんじろう》っていう人ですよ。なんていうのか、株の取引とかなさっているみたいですよ。兜町《かぶとちょう》に事務所があり、近くの茅場町《かやばちょう》のマンションに住んでます」

意外なところから、被害者の身元が割れた。

八

月村弘平は、旅の準備をしている。

明日から二泊三日の「おくのほそ道ミステリーツアー」に出発する。

とはいえ、月村の場合、荷物はいつも、呆れられるくらい少ない。下着の替えがワンセット。交互にホテルで洗濯するので、それで充分なのだ。

昨日の夜、夕湖から電話があって、福島にいるという。例の殺人事件のことでしばらくいることになるらしい。

明日、出発するバスツアーには、とくに影響はない。しのぶ文知摺の里は、さっと立ち寄るはずだったが、駄目なら駄目で通り過ぎるだけにするということだった。

ツアー客への謎のネタもそろっている。

ただ、田辺に頼まれた突飛な設定の裏付けには苦労している。

――たしかに、芭蕉と曾良は隠密仕事も兼ねていた……。

月村は八割ほどの確率で、隠密説を支持するつもりになっていた。

探る相手は伊達藩。これはまず、間違いないだろう。

命じたのは藤堂藩。当然、曾良もその筋で動いた。

資金の潤沢さを考えても、スポンサーはいないわけがない。

曾良の日誌には、四角いかたちの謎の記号が登場する。諸説あるが、月村はやっぱり、これは金だと判断した。

長方形が一両。

この長方形の真ん中に棒を入れたのが、一両の半分である二分。

小判と銀を曾良が預かっているのだろう。それを随時、芭蕉に渡したのだ。

この旅のあいだ、曾良は芭蕉に十三両二分の金額を渡している。一両を現代のお金に換算するのは難しいが、安く見積もっても十万円。百三十五万円を、芭蕉に預けている。新幹線もホテルもない当時の百三十五万円である。

この間、芭蕉は等窮《とうきゅう》など、土地土地のスポンサーにも援助を受けている。芭蕉の『おくのほそ道』の旅は、けっしてあの紀行文から想像するような、貧乏旅行ではない。資金には恵まれた旅行だったのだ。

それで、まずは伊達藩が担当した東照宮の修繕工事を探った。そのために、黒羽に長期滞在したのである。

だが、東照宮の修繕の、なにをそこまで見張りたかったのか。

当時の伊達藩は、きわめて危うい藩である。

芭蕉の『おくのほそ道』の旅から十八年前、伊達藩には大騒動が勃発《ぼっぱつ》した。のちに、歌舞伎の『伽羅先代萩《めいぼくせんだいはぎ》』や、山本周五郎の小説『樅《もみ》ノ木は残った』でも知られる〈伊達騒動〉である。

要は、放蕩三昧《ほうとうざんまい》だった三代藩主・伊達綱宗《つなむね》を、親族が無理やり隠居させたという騒ぎだった。

これで仙台藩は改易《かいえき》の危機に瀕《ひん》するが、どうにか免れた。もっとも、この騒動自体が、幕府の陰謀だったという説もあるくらいである。

この綱宗に代わって、四代藩主となったのが、まだ二歳の後の伊達綱村《つなむら》だった。

もちろん、二歳の子どもに政《まつりごと》ができるわけがなく、親戚だの家老だのがおこなうのだが、これがまた激しい派閥争いを引き起こす。

芭蕉が『おくのほそ道』を旅したころは、そうしたごたごたがつづいているころである。

しかも、綱村は放蕩よりもっと金がかかる神社仏閣の建立などに熱中し、いっそう藩の財政は逼迫《ひっぱく》していた。

——伊達をつぶしてしまおう。

幕府側にそうした陰謀があっても、まったく不思議はない。藤堂藩はそこに便乗し、一手柄、狙ったのかもしれない。

そこでどういちゃもんをつければ、伊達藩をつぶすことができるのか。東照宮の修繕は手抜きもなく、立派に乗り切りそうである。

そして、芭蕉の旅はつづいた。

——芭蕉の『おくのほそ道』の旅には、田辺惣一郎が思っているものより、もっと大きな秘密が隠されている……。

月村の胸が騒いだ。

九

福島警察署に設置された「芭蕉関連連続殺人事件捜査本部」では、夜九時から第一回の捜査会議が開かれた。

吉行はすでに東京にもどり、東京側の説明は夕湖がおこなうことになった。

まずは、今日の遺体について鑑識から報告があった。

「歳は五十から六十のあいだ。女性です。

身長一六〇センチ、体重五二キロ。

殺害方法は、ヒ素系の毒物。三人とも同じである。

死亡推定時刻は、詳しい解剖の結果、昨日の午前五時前後。未消化の食べものはほとんどありませんでした」

写真が黒板に貼り出された。

東京では、一人ずつのパソコンにデータが送られてきている。

次に刑事課の刑事たちの報告がつづいた。

「遺体の発見者は、近くの農家の男性です。犬の散歩をさせていて見つけ、すぐに一一〇番通報をしています。見つけたとき、近くに怪しい車や人なども見当たらなかったそうです。

それで現場にいるあいだ、警視庁から連絡がありまして、すぐに野次馬の撮影や、職務質問をおこないました。これらがそのときの写真です」

あの石川早苗と似た女の写真が、連続して壁に投影されていく。プロジェクターだが、画像はあまり鮮明ではない。

「こちらも見てください」

写真が変わった。

――え？

夕湖は気に留めなかった男女が写し出されている。

「こっちの写真の男女も怪しいというので、捜査を開始しています」

目つきの悪い初老の男と、金髪の若い女が写っている。後ろには、赤と白のミニが停めてあり、それで来ていたようにも見える。

「この二組は、ともに野次馬の写真を一とおり撮り終えたときにはいなくなっていました。逃亡したのかもしれません」

「職務質問をおこなったのは二人だけでしたので、六人四組しか聞けませんでした。いずれも近くの住人で、騒ぎを聞きつけてやって来た野次馬でした。もちろん、名前、住所ともに控えてありますが、まず事件との関係はなさそうです」

　刑事たちの報告が終わると、

「この事件は、先日、東京の深川で起きた二件の殺人と関わっている疑いが濃厚ですので、警視庁捜査一課の上田刑事から報告願います」

　五十人を超す刑事たちの視線が、夕湖に注がれた。

「二つの事件については、すべてデータにしてあります。わたしの口からご説明するより、これをご覧いただくと、一目瞭然《いちもくりょうぜん》かと思われます。この件の特徴だけ、データにもありますが口頭で説明させていただきますと、被害者の割り出しにたいへん苦労しています。二人とも、身につけていた衣類から察し、かなり裕福な暮らしを送っていると想像されましたが、なかなか身元が割れず、石川早苗はほとんど偶然のようにわかったものでした。もしかしたら、こちらの被害者の身元も、わからないかもしれません」

　夕湖がそこまで話したとき、わきに置いた携帯電話にメールが入った。片手でさりげなく画面を操作して、

「あ、いま、報告がありました。二人目の被害者の身元がわかりました」

そう言って夕湖は、前方の黒板のところに出ると、

「時波紳二郎……」

と、被害者の名から書き出した。

第五章　バスツアー出発

一

月村弘平は、八丁堀の自宅から小走りに東京駅のバス発着場へ向かった。

午前九時の出発だが、猫のチェットの世話を、当てにならない母親に頼んだりしていて、ぎりぎりになってしまった。

「お早《はよ》うございます」

元アイドルの川井綾乃が、いつもながらの爽《さわ》やかな笑顔で出迎えてくれる。

一号車、二号車の二台の大型バスがすでに待機し、客も乗り込み始めていた。

参加者は一台が四十人、合計八十人。今回も数日で予約がいっぱいになったという。

月村は解説の都合上、いちばん前の座席に座るが、隣に松下剣之助老人がいた。もちろん、何度もいっしょになっている。

「おう、きみか」

そう言った声が、今日は珍しく元気がない。

「お身体の調子でも悪いのでは？」

「そんなことはない。だが、わたしの恋はなかなか成就せんので、つらくてねえ」

「はあ。でも、ちょっと歳が離れ過ぎているのでは？」

「なにを言ってるんだい、きみは。文豪ゲーテは、七十七歳のとき、十七歳の少女に恋をしたんだぞ。六十歳の歳の差だ。わたしなんか、足元にも及ばんよ」

「ゲーテがですか」

「ま、わたしが先にあの世に行き、しばらく待ってから、恋のつづきをしてもいいんだけどね」

「……」

なんと返したらいいのかわからない。

持って来た新聞をめくると、

「あ」

社会面の記事に、ちょっとした衝撃を受けた。

「どうしたね、月村くん？」

松下剣之助が訊《き》いてきた。

「いや。昨日の夕方みたいですが、ぼくが昔、よく通ったジャズ喫茶のマスターが亡くなったとあるので」

「ジャズ喫茶？　そんなのまだ、あるのかい？」

「数は少なくなりましたよね。ここは、お茶の水の裏道にあるんですが、音のいいアンプを置いていて、マスターもいい人で居心地がよかったんですよ」

店の名は〈ウェスト・コースト〉と言って、雑居ビルの地下にある。喫茶店だが夜は酒も飲める。ほとんどが三十年以上、通っているという客で、月村も大学の教授に連れて行ってもらったのが最初だった。

だが、仕事が忙しくなって、ちょっと足が遠のいていた。久しぶりに顔を出そうかと思っていたのである。

マスターの名は鹿島亮介《かしまりょうすけ》。七十歳くらいと思っていたが、新聞には六十五歳とあった。死因は心不全だが、この二、三年は病気がちで入退院を繰り返していた

という。妹さんが行ってみたら、ジャズを聴きながら、眠るように亡くなってい
たそうだ。

ちょっと早いが、マスターらしい死に方かもしれない。

「ふうん。どうせ、マイルス・デイビスとか、ジョン・コルトレーンあたりばっかり流す薄暗い感じのところだろう」

松下剣之助は、意外にジャズも知っているらしい。

「もちろんマイルスもコルトレーンもかけましたが、マスターの好みはもうちょっとライトでしたね。インテリアも洒落てましたよ」

月村が好きなスタン・ゲッツもチェット・ベイカーもビル・エヴァンスも、ここでたっぷり聴いて嵌《は》まったのだ。

「ジャズはやっぱり、スイングしないとな。わたしも一店つぶしたから、大きな声では言えないんだけどな」

「へえ。ジャズ喫茶もやったことあるんですか」

「金儲《かねもう》けは不動産、店舗経営は趣味なんだよ」

そんな話をしていると、支度は整ったらしく、バスは東京駅を出発した。

二

二人目の被害者がわかったことで、捜査はいっきに進展した。

上田夕湖も東京にいたら、昨夜はほとんど徹夜で走り回されていただろう。ホテルでぐっすり寝て、捜査会議が始まる九時に、斜めにある福島警察署に入ると、すでにいろんな報告が入っていて驚いた。

まず、被害者の時波紳二郎は、いわゆるトレーダー。かなりの額の株を動かして、儲けを得ていたという。資産額はまだわからないが、おそらく数十億に達するはずらしい。

M大学を出て、証券会社に勤めた。途中、ニューヨークの支店にもいた優秀な金融マンだった。

芭蕉史料館の館長は、石川早苗といっしょにやって来たこの時波に目をつけ、数度、尾行もし、事務所も家も写真に収めていた。芭蕉史料館の館長である自分が付き合うにふさわしい男として目をつけたそうで、時波は独身だった。

——あの館長、そんなことしてたんだ。

夕湖は呆《あき》れたが、館長がそういうことをしていなかったら、遺体の身元特定はもっと遅れたかもしれない。

時波の事務所は日本橋兜町、自宅は茅場町の高級マンション。

昨夜、捜査のための検分ということで、双方を詳しく調べ、また、電話会社の通信記録も当たった結果、福島で見つかった被害者は、麻布十番《あざぶじゅうばん》で不動産業を営む塚田眞砂子《つかだまさこ》ではないかと見当がついた。

そこで昨夜のうちに、麻布十番でビルの一階と二階、および十二階と十三階を所有し、自身も十三階に住んでいた塚田眞砂子の自宅を検分し、飾ってあった写真、残っていた指紋などから、当該死亡者であることを確認したという。

そんなわけで、捜査会議を前に、いま、次々に東京から報告が来るため、それらを見ながら待機している状況である。

「家族はいないんですか？」

夕湖は、福島署の刑事課長に訊いた。

「いないみたいだねえ。出身は北海道だが、実家はいまなくなっていて、兄が大阪、弟は静岡にいるらしい。とりあえず、弟のほうが、こっちへ来ることになったそうだ」

「北海道出身で、麻布十番にビルの四階分を持ってるんですか」

いったいなにをしていたのだろう。

「麻布十番というのは、お洒落な町なの？」

「ええ。近くに大使館が多かったりするので、外国人も多いお洒落な町です。六本木からもすぐ近くですしね」

「へえ」

「この事件の被害者は、ほんとに皆、お金持ちなんですよ」

「ということは、金が目的の殺しかね」

「そっちのほうの報告は来てます？」

「ええと、石川早苗の銀行の預金について報告があったな？」

刑事課長が後ろを向いて訊《たず》ねると、

「はい。来てました。預金は、三つの銀行にそれぞれ五千万ずつ。その他、株が額面でおよそ二千万円分があり、いずれも動かした形跡はないそうです。また、マンションを二部屋所有し、その家賃四十万円が、月々の生活費になっていたようです」

と、福島署の刑事が答えた。

「凄《すご》い」

と、夕湖は驚いた。あの聖パウロホームに入居してなお、それだけの資産を持っているのだ。

「だが、預金や株を動かしてないということは、少なくとも石川早苗は金目当てではないでしょう。遺体から財布もバッグもなくなっていたのは、単に身元を明らかにさせないためだったのでは？」

「そうだな」

と、刑事課長もうなずいた。

夕湖のパソコンにメールが入った。吉行からである。

「石川早苗の別れた夫の話が入った。とりあえず送る。上田が精査して、そっちで報告してくれ」

とある。

メールをざっと読み、このまま、捜査本部のメールに転送した。

次のような報告である。
○石川早苗の別れた夫・森《もり》野《の》勇作《ゆうさく》（五十八歳）の話。

「早苗とは、十年、いっしょに暮らして十五年前に別れました。知り合ったのはハワイです。わたしのテレビゲーム制作の事業が軌道に乗ったころで、正月にスタッフと休暇で滞在していたとき、同じホテルに泊まっていたのです。なんていうか、雰囲気がゆったりしていて、いいところのお嬢さんなんだろうと思いました。じっさいは、たいしたことはなく、千葉の小さなお菓子屋の娘でしたけどね。

そのときのあれの仕事ですか？　コイン商の店を手伝ってましたね。世界のコインに興味があったらしくて、ハワイでも集めてましたよ。

わたしは結婚してからも忙しくて、会社で徹夜ばかりしてました。子どもができなかったのも、そのせいだったかもしれないですね。できていたら、離婚もしなかったんじゃないかなあ。

あれはわたしが多忙にかまけているあいだ、家を買ったり、調度品を調えたり、贅沢《ぜいたく》な暮らしを楽しんだはずです。文句なんか言いませんでした。わたしも、変にちゃかちゃかした女より、のんびりしたあれのほうが、気が休まることはありましたよ。

ただ、十年後、莫大《ばくだい》な資金を投じて開発したゲームにバグが出ましてね。それで事業はいっきに傾きました。家とか別荘とかも売る羽目になったのですが、あれがあなたといると、ここで立ち直ってもまた同じ目に遭いそうだから、別れてくれと。ずっとついて来てくれると思っていたから、がっかりでしたよ。

だが、あれの買っておいてくれた不動産がいいものでしてね。そのおかげで、事業を再スタートすることができました。慰謝料ですか？　とくには渡してなかったです。ただ、マンションを一つ余分に買ってあったのはくれと言うので、やっただけです。

人の恨みを買うような女ではなかったと思いますよ。そんなに出しゃばるということもないし、喧嘩腰《けんかごし》になることもなかったです。

音楽は好きでね。自分でもやりました。アルトサックスっていうんですか、テナーサックスより小さいやつ。コンサートとかはよく行ってたのかなあ。ぼくはいっしょに行くことはなかったです。

いい暮らしをしていた？

そうですか。それはわたしのおかげじゃないと思いますよ。あいつにやったマンションは都心にありましたが、１ＬＤＫの億ションなんてとんでもない、せいぜい五千万円くらいでしょう。へそくり？　してたとしても、そんなにたいした額にはなってないと思います。コイン？　それだって、そんなに貴重なものは持ってなかったでしょう。日本ので言ったら、せいぜい五百円玉程度じゃないですか。

聖パウロ病院の老人ホーム？　そんなところにいたんですか？　入所料が最低でも一億円！　へえ、そのあとは誰かと結婚もしてないんですか？　そりゃあ、凄いですね。ただ、あれはなんとなく金運がいい感じはしてましたよ。なんですかね。人徳というのか、金徳というのか。だから、宝くじでも当たったんじゃないですか？」

読み終えた刑事課長が、

「こういう女がなぜ、毒殺なんかされたのかね？」

と、首をかしげた。

三

ツアーのバスは、いったん深川の芭蕉庵跡から杉山杉風の別宅である採茶庵《さいとあん》跡を回り、すぐ高速に入った。芭蕉が旅に出発した千住にも寄りたかったが、車が込む都内を走っていると、時間はいくらあっても足りない。

ここから一息に日光東照宮へ。

バスを降りて歩き出すと、皆、文庫本の『おくのほそ道』を手にしている。ツアーのときは、ぜひ携行してもらいたいと、月村から頼んでおいたのだ。

芭蕉のそっけない書きっぷりについては、すでに解説していたので、皆、絢爛《けんらん》豪華《ごうか》な陽明門と、芭蕉の記述との対比に、違和感を覚えたようだった。

東照宮は、平成の大改修で、建造当時の輝きを取り戻している。金箔も張り直され、まばゆいばかりである。

芭蕉が来た当時も、多少の傷みはあっても、充分、絢爛たるものだったはずなのだ。

「要するに、芭蕉は日光をあまり好きじゃなかったのですかね？」

と訊いた客もいた。

月村もそう思うのだが、あまり考えを押しつけてもいけないだろう。

「そういう説もあります」

と、お茶を濁した。

「芭蕉が来たときは、改修工事が始まろうとしていたんですよね？」

それもバスのなかで告げておいた。

「そうなんです。ちょうど芭蕉が立ち去ってすぐ、本格的な工事が始まり、翌年までかかってやっと終了しています」

これを担当させられた伊達藩は、四年のあいだ、藩士の給金給米を三割カットして、工事費に充てたという。

もし、芭蕉たちが、伊達藩が工事を手抜かりなくやるかどうかを見張るよう言われていたら、この旅程は変である。黒羽の長期滞在が、東照宮を見張るためだったとしても、本格的な工事が始まる前にいなくなってしまうのだ。

伊達藩を見張るにしても、芭蕉たちの狙いはほかのところにあったのではないか。そのあたりを田辺惣一郎は、どう処理するつもりなのだろう。

四

捜査会議が始まった。

しのぶ文知摺の里の被害者は、東京在住だったが、福島署からも捜査員を送ることになった。

新たなデータは送信することにして、刑事二人が東京に向かった。

「殺された石川早苗は、老人ホームの職員に、四人で旅をすると言っていたそうです。もし、時波と塚田眞砂子が四人の仲間だとすると、あと一人いるはずです。その姿はまだ見つかっていません」

と、夕湖は会議の席上で言った。

「そいつが犯人なんだろうな」

と、捜査本部長である福島署の署長が言った。

「その可能性は高いかもしれません」

「とすると、いまごろは東京にもどっているな」

署長の言葉に、多くの捜査員もうなずいた。

と、そこへ——。

「いま、福島駅から防犯ビデオを借りて来ました。それで、至急、一昨日のビデオを確認しますと、これを見てください」

出ていた捜査員がもどって来て、すぐに画面を見えるようにした。

新幹線の改札口から、塚田眞砂子が出て来た。画像はそれほどよくないが、いちおう顔は写っている。

塚田眞砂子はしばらく歩き、手を上げ、画面手前のほうに駆け出して来た。その塚田に寄って行った女の後ろ姿。

その後ろ姿を指差しながら、

「殺害現場にいた女かな？」

と、刑事課長が夕湖に訊いた。

「そうですね」

この女は、芭蕉史料館の防犯ビデオには写っていなかったはずである。

「これが四人目かな」

「そうかもしれません」

そこから二人は横に移動したので、画面から外れてしまった。

「殺された三人は、どういう仲間だったの？」

署長が夕湖に訊いた。

「それがまだ報告がないんです」

「電話連絡とかはしていたんだよな？」

「いま、確認します」

夕湖はそう言って、深川署に電話を入れ、吉行からいろいろ話を聞いた。向こうもまだ、いろいろ混乱していて、話を整理するのに大変らしい。

「報告します。いちおう、電話で連絡した形跡はありますが、最近のことみたいです。それで、三人のつながりは、まだ特定できていないようです」

「俳句じゃないのか？」

署長が訊いた。

「俳句は石川早苗だけはつくりましたが、ほかの二人がつくったという証拠は出ていません。時波の家の書架に、俳句の書はなし。塚田眞砂子の家には、映画のDVDはずいぶんありましたが、俳句の書物は皆無でした」

「不思議だな」

「ええ」

四人が旅をするはずだった。

だが、そのうちの二人は東京で殺され、一人は福島で殺された。

誰でも、残った一人が犯人というのは考える。

では、彼らの旅は終わったのか――。

明日あたりには、マスコミの報道が相次ぐだろう。今日、ツアーに出発した月村は、報道を見てくれるだろうか？

月村ならどう思うか、聞いてみたかった。

五

月村の携帯電話にメールが入った。田辺高嶺からである。

最初にデッサンのようなものが来た。三日月の隅に小さなウサギがいた。簡単なデッサンだが、絵のセンスが窺《うかが》われる。

——なんだろう？

首をかしげたが、ちょうどバスが白河の関に着いた。

ぞろぞろとバスを降りる。目の前にあるのは、鄙《ひな》びた神社の石段である。

「ここが有名な白河の関の跡です」

川井綾乃が大きな声で言った。

「え、こんなとこが？」

と、露骨にがっかりしたような声を上げたのは、松下剣之助だ。正直な感想なのだろう、

「へえ、ここがねえ」

と、首をかしげる人も多い。

箱根の関所のようなものを想像していたのだろうが、いま、建物としてあるのは神社だけで、ここが関所跡だと言われても、きょとんとするだけである。

関所として機能していたのは、はるか平安時代の話で、そのあとはなくなってしまった。そのころは、大きな役所などもつくられていただろうが、江戸時代には場所もわからなくなっていて、白河藩主の松平定信《まつだいらさだのぶ》が文献を当たり、この神社があるあたりであろうと特定したのだった。

芭蕉は松平定信より前の人だから、白河の関の場所もはっきりしなかったはずだが、そこはフィクションも辞さない芭蕉だから、

「心もとなき日数重なるままに、白河の関にかかりて旅心定まりぬ」

と、特定したように書いてある。

皆、ちょっと拍子抜けしたような気分でバスに帰ったが、月村が携帯電話を見ると、高嶺の次のメールが入っていた。

「さっき送ったのは、わたしが月村さんをイメージしながらつくったペンダントのデザインです。三日月ってシンプルなんだけど、いざ、かたちにしようとすると、かなり難しいんですよ。

自分ではうまくいった気がします。素材はもちろん金。できあがったら、月村さんにプレゼントさせてくださいね」

と、書いてあるではないか。

――おいおい、それはまずいよ。

月村は慌てて返事を書いた。

「悪いね。ぼくは、ペンダントとか苦手で、いままで一度もしたことがない。できるだけ身体にはなにもつけない主義で、腕時計も滅多に使わないほどです。誰か、ほかの人にあげてください」

そう断わったあと、月村の脳裏に三日月が光った。

すると、突然、閃《ひらめ》きが頭のなかを走った。

――もしかして、芭蕉たちが調べようとしていたのは、金だったのではないか？

平泉《ひらいずみ》にある藤原三代の埋蔵金。よくテレビなどで埋蔵金の話が出ると、必ず取り上げられる。

テレビでやると、ずいぶん胡散臭《うさんくさ》い話になってしまうが、平泉にかつて金がたくさんあったというのは、れっきとした史実である。

月村はすぐに田辺惣一郎の携帯に電話をした。

「おう、月村くん、すまんな、娘が急にアタックしたりして」

「え？」

「ペンダント、送るとかメールが行っただろ？」

「ええ」

父親も承知していたらしい。

「断わってくれたらしいな」

まさか父親は怒っているのだろうか。

「はい。ぼく、付き合っているカノジョがいますから」

「そりゃあ、きみならいるだろう。ま、気にしないでくれ、わたしのことは。そういうことだ、じゃあな」

切ろうとするので、

「あ、もしもし、そのことじゃなくて」

「え？　そのことじゃないの？」

「ええ。じつは、一つ、芭蕉の旅の目的のことで思いついたことがあるんです」

「ほう」

「いま、どちらに？」

「まだ飯坂温泉にいるんだよ。一本、連載を書いて送らなくちゃならないのがあって、ここで書き上げてから次に行こうと思ってたんだ」

「そうですか。だったら、ぼくも今晩は飯坂温泉泊まりですので、ホテルに伺いますよ」

「そうかい。すまんね」

ホテルの名前を聞いて、電話を切った。

六

福島署の捜査本部は、殺人事件の捜査にしては、なんとなく力が入らないようすだった。それもそうで、被害者はたまたま福島を旅していたときに殺されたようなもので、身元を調べる手がかりは東京にしかない。しかも、犯人はおそらく東京に帰っている。

夕湖も、なんとなく東京の事件の捜査の片棒を、無理やり担がせているような感じがして、いささか居心地が悪い。

捜査を手伝うにも土地鑑はないし、ただここにいて、東京の捜査の進捗《しんちょく》具合を報告するような役目になっていた。

「お疲れさまですな」

と、年配の刑事が、お茶を持って来てくれた。

「あ、すみません。そんなお気を使わず」

「いや、わたしも飲みたかっただけだから」

と、お茶菓子の入った器も前に置いてくれた。

「福島はなにが名物なんですか？」

相手が腰を落ち着けたみたいなので、夕湖は間が持てなくなって訊いた。

「名物っていうのは、これだっていうものがないんだよね、福島は」

「そうなんですか？」

「そりゃ、うまいものはあるよ。果物とか、とくに桃は一生懸命つくってるよね」

「へえ、桃ですか？」

「でも、桃って言ったら、岡山が有名だよね」

「ああ、桃太郎がいますからね」

「最近は餃子《ギョーザ》が名物だとか言って売り出してるけど、やっぱ宇都宮《うつのみや》のほうが有名でしょうが」

「ああ、そうですね」

「なんか、二番煎《せん》じなんだね。会津《あいづ》のほうに行けば、珍しいものはあるんだけど、会津とここらはぜんぜん違うからねえ」

「はあ」

なんだか、こっちまで力が抜けるような話である。

と、そこへ――。

「塚田眞砂子の足取りがつかめました」

捜査員が入って来た。

その声で、ばらばらになっていた本部長たちが、それぞれ自分の席に着いた。

「テレビの報道を見た飯坂温泉のホテルから連絡がありまして、一昨日の夜、あの人はうちに泊まっていたと」

「一人か？」

「いえ、あと二人いっしょだったそうです」

「よし。本間《ほんま》さん、頼むわ」

本部長が言った。

「はいよ」

いままで夕湖の前にいた年配の刑事が、よっこらしょというように立ち上がった。

「わたしもいいですか？」

夕湖が訊いた。

「はい、どうぞ。警視庁の女性刑事さんに見られてると思うと、照れちゃうけどね」

けっして嫌味っぽくない調子で、本間は言った。

ホテルは、金持ちの塚田眞砂子が泊まったにしては、いかにも庶民的な佇《たたず》まいだった。歓迎の文字が、簡体字で書かれてあるので、中国からの客も多いのかもしれない。

——もしかして、防犯ビデオは少ないかも。

夕湖は嫌な予感がした。

「連絡をくれたのは？」

「わたしです。女将《おかみ》をしてます」

貫禄《かんろく》のある五十代の女性が出て来て、本間以下七人の刑事を、ロビーの一角に座らせた。七人のうち三人は、鑑識課員である。

「塚田眞砂子が泊まったのは間違いないですか？」

「名前の確認はできていないのです。ただ、わたしは覚えていて、テレビで見て、あ、この人だと」

「何号室です？」

「五階の五〇八号室です」

「掃除は？」

「済ませてます。いまは、ほかのお客さんが入られて」

「そのお客を移せませんか？」

「はあ。大丈夫だと思います」

「移してください」

本間は女将に頼み、鑑識課員たちに、

「いちおう、部屋のごみ、塵《ちり》、髪の毛、すべて採取しといてくれ」

と、命じた。

鑑識課員たちが、出て行くと、

「なんで覚えてたの？」

本間は女将に訊いた。

「うちに泊まられる人と、ちょっと感じが違うなと思ったからでしょうね。それと、いっしょに来られた方が、ずいぶんお顔の色が悪かったので」

「連れは二人だって？」

「はい、男の方と女の方です」

「予約の名前は？」

「予約じゃなくて、飛び込みで来られたんです。これが宿帳ですが」

宿帳にあったのは、
東京都千代田区神田神保町8の8の9の135号　高松健太郎《たかまつけんたろう》
という名前だった。

夕湖がすぐに検索するが、

「神保町に八丁目はないです。嘘《うそ》の住所ですね」

と、伝えた。

電話番号もあり、そこに夕湖が電話すると、

「え？　ウィンディビレッジ？　高松健太郎さんはいらっしゃらない？　わかりました」

切って、本間に首を横に振ってみせた。

「それで、この客は一昨日の夜、何時ごろここに？」

「ええと、七時ですね」

「食事は？」

「済ませて来たみたいでしたが」

「それで朝早く出たのかい？」

「それが、どうも殺された人は、朝早くに先に出てしまい、お連れの男性が一人でもどって来て、それからさらにもう一人の連れとチェックアウトなさったのです」

「自分の車でだよな？」

「さあ、それは？」

「ちょっと防犯ビデオをチェックさせてもらおうかな」

「それが」

「まさか、ないってことはないよな」

「あ、あります、もちろん。ただ、玄関先を映してたはずのカメラが、ちょっと横を向いてしまってて、見たらお客さんが映ってないんですよ」

「一台だけってことはないだろ？」

「あとは、犯罪防止に使ってるので、女湯の出入口と、そこの土産物売り場と。さっき見たら、どっちも映ってないんですよ」

女将はすまなそうにそう言った。

案の定である。

「しょうがねえな。じゃあ、このへんのコンビニとかの防犯ビデオを当たるか」

「はい」

捜査員二人が出て行った。

本間と夕湖の二人だけになった。

そのとき、夕湖の携帯電話が鳴った。大滝からである。

「もしもし」

「あ、上田。また進展したぞ……」

大滝の告げた中身に、

「ええっ？」

夕湖は驚きのあまり、つい声を上げてしまった。

電話を切ると、

「どうしたの？」

と、本間が訊いた。

「殺された三人といっしょに旅行する予定だった人が名乗り出たそうです」

「ほんとかい？」

「名前は大間木《おおまぎ》徹《とおる》。平泉で大きな総合病院の院長をしています」

夕湖は、まだ驚きの抜けない顔で言った。

七

白河の関のあと、須賀川の町を抜け、郡山から福島までいっきに足を延ばした。しのぶ文知摺の里は、立ち入り禁止が解除され、ふだんのようすにもどっているというので、かんたんに立ち寄り、ほぼ芭蕉の歩いたコースを辿《たど》って、飯坂温泉のホテルに入った。

田辺の泊まっているホテルはすぐ近くだったので、夕食前に話を済ませてしまおうと、ロビーで待ち合わせた。

　出て来ないだろうと思っていた高嶺が、ちょっと照れたような顔こそしたが、自然に父親のわきに座ったので、月村のほうが顔を赤らめてしまった。

「なんだい、月村くん、芭蕉の目的って？」

「じつは、芭蕉たちは藤原《ふじわら》三代の埋蔵金のことを探るため、奥州に入ったのではないかと思ったのです」

「藤原の埋蔵金！」

　田辺は大きく口を開けた。

「金……」

　と、高嶺の顔が輝いた。

「埋蔵金伝説はありますよね」

「ある。もっとも有名なのは、平泉の金鶏山《きんけいざん》に埋められたという金の鶏の伝説だ」

「ええ。金鶏山というのは、中尊寺《ちゅうそんじ》の近くなんでしょう？」

「近いな。まだあるぞ。金売吉次《かねうりきちじ》がらみでは、父親の炭焼藤太《すみやきとうた》が隠したという埋蔵金の伝説もある。これは、金成《かんなり》地区というところだと言われている。わたしは、そこらへんのことを書いたことがあったんだ。義経《よしつね》の北行伝説に関してだが」

「そうでしたか」

「まさか、芭蕉で関わってくるとはな」

田辺は嬉《うれ》しそうに言った。

「そもそも、芭蕉が尊敬した西行《さいぎょう》法師にも、金がからんでいますよね」

と、月村は言った。

「そうだっけ？」

「ええ。文治《ぶんじ》二年（一一八六）、すでに六十八歳になっていた西行法師が、平泉を訪れています。なんのためかというと、平清盛が焼いた東大寺を復興させるための資金として、藤原秀衡《ふじわらのひでひら》に無心にやって来たのです」

「そうだ、そうだ」

「秀衡はこれに応じ、西行は砂金をいただいて奈良にもどります。それで、これと入れ替わるように、兄頼朝《よりとも》から追討の命令が出た源《みなもとの》義経が、平泉にやって来るのです」

「なるほど。芭蕉は西行を尊敬していたわりには、あまり具体的な足取りは辿っていないよな」

「それを書けば、まさに西行と同じ目的だと言ってしまうことになりますから」

「おい、月村くん。たいした発見だぞ」

「うまく小説に活《い》かしてもらえたら、ぼくも嬉しいです。では、食事のとき、ツアーのお客さんたちに話をしなくちゃいけないので」

と、月村は立ち上がった。

「明日は、どこに行くんだね？」

田辺が玄関口まで見送りがてら訊いた。

「仙台、塩釜《しおがま》、松島と回って、平泉のホテルに泊まることになってます」

「そうか、おれたちも平泉まで行っちゃうか。最後は立石寺《りっしゃくじ》の大アクションをクライマックスにしようと思っていたが、平泉も外せないな」

「いいですねえ、立石寺のアクション」

田辺の忍者アクションは、外国人にもファンがいるらしい。

「いやいや、中尊寺で暴れさせよう。いやあ、いいことを聞いた。な、高嶺」

「ほんと」

高嶺も嬉しそうにうなずいた。

八

夕湖も乗った福島署のパトカーは、塚田眞砂子が泊まったホテルを出て、福島署にもどる途中だった。

冷房は入っているが、車内はおじさんばかりで、なんとなく空気が熊臭《くまくさ》い。少し風を入れようと窓を開けると、外から温泉の臭《にお》いが入って来た。

――ああ、温泉、入りたい。月村くんと。

そう思ったときだった。

なんと、向こうから当の月村弘平が歩いて来るではないか。そういえば、今日は飯坂温泉泊まりだとは言っていたのだ。

「すみません。ちょっとだけ、止めてください」

「え？」

運転手はなにごとかと急ブレーキを踏んだ。

窓を開け、夕湖は顔を出した。

「月村くん」

「おう、夕湖ちゃん」

たいして驚きもしない、あいかわらず暢気《のんき》な笑顔である。

「明日の朝、ニュース見て。新聞も見て」

「ん？　ああ」

「じゃあね」

夕湖は窓を閉め、パトカーを発進させてもらった。

それから、思わず車を止めてもらったのを、

――メールすればよかったのに。

と、自分の慌てぶりが、恥ずかしくなってきた。

第六章　四十年前の平泉

一

翌朝――。

バスに乗り込むぎりぎりまで、月村はテレビのワイドショーを見ていた。ふだんこの手の番組は見ないので、司会者や出演者たちの騒ぎっぷりがうるさく感じられる。朝からこんな番組を見ている人は、血圧だの血糖値だのが上がらないのだろうか。

各局とも、深川と福島で起きた連続殺人の話題で持ち切りだった。

殺人事件の呼び方は、局によって違っていて、「おくのほそ道殺人事件」とか「松尾芭蕉殺人事件」という字幕が躍っていた。

聖パウロ病院の老人ホームにいた石川早苗。

大金持ちのトレーダーの時波紳二郎。

麻布の不動産業の塚田眞砂子。

殺されたのはかなりの資産家ばかり。ところが、その財産にはいっさい手がつけられていない。

殺害方法は、三人とも毒殺。

遺体発見現場は、いずれも松尾芭蕉に縁が深いところである。

リポーターが深刻な顔で語っていた。

「石川さんは、四人で東北地方を旅する予定だと言っていたそうです。ところが、石川さんと時波さんは、旅立つこともできず、塚田さんは福島のしのぶ文知摺の里で殺害されてしまいました。そうなると、気になるのはもう一人の旅人です。まさか、すでに殺されてしまっているということはないのか、たいへん心配されるところです」

昨日、立ち寄ったばかりのしのぶ文知摺の里からの中継である。

昨日の朝の時点では、マスコミは深川の連続殺人との関連は知らされていなかったらしく、夕方あたりから石川早苗と時波紳二郎、塚田眞砂子の名前がいっしょに警察発表があったのだろう。今日は朝から、ドッとワイドショーの取材が始まったようだった。

テレビには、次々に証言する人が出て来ている。

時波紳二郎氏の友人というテロップがある人は、

「資金に余裕があるし、そうがつがつしなくても暮らしていけたから、羨《うらや》ましいくらい気楽なトレーダーでしたね。ええ、ぼくとは昔、証券会社にいたときからの友だちですよ。よく、ゴルフをいっしょにしました。まさか、殺されるとはね」

画面は変わり、女性リポーターが、なんとなくツンケンした感じの女性にマイクを差し出して、

「石川早苗さんが、亡くなる少し前に来ていたという、芭蕉史料館の館長さんです。お会いになってるんですね？」

「はい。お会いしました。ここへは二度、やって来ていて、二度目は俳句をおつくりになって行かれました。ええ、こんな俳句です。『浜千鳥　今日も小唄を稽古して』どことなく芭蕉の雰囲気を感じさせる句ですね。

ああ、上品そうな方でしたよ。なんて言うか、余裕がおありだったんだと思い

ます。人の恨みを買うような感じはまったくしなかったです。もし生きていられたら、たぶんここにもしばしば来てくれて、いい友だちになれたのになあと、ほんとに残念です」

館長は悔しそうに言った。

「いっしょに来られていたのは、やはり殺された時波さんだったそうですね?」

「ああ、あたし、そちらの方はまったく記憶になくて。ご免なさいね」

このあとも、何人かが出て、思い出話などを語った。

リポーターたちの報告を受けて、局のスタジオにいるコメンテーターが、

「心配なのはもちろんだけど、これはちょっと注意すべき発言かとは思うけど、その第四の人物は、どうしても気になるよね。いや、ほんとに、これは勝手な推測で、もし遺体が出たりしたら、間違っていたのは明らかになるんだけど、下司《げす》の勘ぐりと言われるのを承知であえて言わせてもらうと、加害者という線もね。でも、ふつうは、考えてしまいますよね」

回りくどい言い方で、そう感想を述べた。

すると、スタジオ内にばたばたした雰囲気が漂い、

「ちょっと待ってください。いま、新しいニュースが入りました。第四の人物と

されていた人の存命が確認されたみたいです。その人は、岩手県一関《いちのせき》市にお住まいの大間木徹さんとおっしゃる方で、マスコミで取り沙汰《ざた》されているのは、たぶんわたしのことだと。殺された三人と、ここで会うことになっていたとおっしゃっているそうです。いま、記者が現地に向かっているみたいです。仙台放送局の武村《たけむら》さん？」

「はい。仙台放送局の武村です。いま、一関市に向かっています」

どうやらロケバスのなかからの中継らしい。

「ほんとに奇妙な事件です」

司会者の叫ぶような声で、八時までのニュースショーは終わった。

月村は急いで部屋を出て、ホテルの売店で新聞を手当たり次第に買い込むと、バス乗り場へと向かった。

二

夕湖は、一関市に来ていた。

平泉総合病院という名だが、じっさいの住所は隣の一関市にあった。

近代的な建築の大きな病院である。

ここの院長、大間木徹が、殺された四人と約束していたのだという。

本当は昨夜のうちに話を聞きたかったが、大間木は手術があるし、患者を診なければならないので、明日、十一時にして欲しいと言われた。

だが、昨夜のうちに東京から吉行と深川署の高井刑事も来て、いろいろ調べることもあり、十時には病院に来た。

ところが、大間木院長はすでにマスコミの前に姿を現わし、駐車場で大勢の記者の前でしゃべっていたのである。

「なんだかテレビで、第四の人物みたいに言われていて、笑ってしまいましたよ。ということは、ぼくが旧友三人を殺したというんですかね。もちろん、ぼくは東京にも福島にも行っていない。ずっとここで医療活動に従事していた。どうぞ、いくらでもお調べください。ただし、患者さんたちの迷惑にならないようにね」

「旅行の予定はあったのですか？」

「予定というか、まず会おうと。旅はしたかったですよ。ただ、こういう仕事なのでね。旅に出られるかは、その日にならないとわからない。それで、三人にはとりあえず平泉に来てもらって、もし出られるようだったら、昔、いっしょに行った松島でも、青葉城でも行こうと、そういう計画だったのです」

大間木は上背も横幅もある堂々たる体軀《たいく》をしている。こういう身体つきの男は、芭蕉史料館のビデオにも映っていなかった気がする。

記者たちが手を挙げると、そのなかから適当に指を差し、質問に答えていく。まるで、記者の質問を受け付けるアメリカの大統領のようである。

夕湖たちも、やりとりをメモしながら話を聞いた。

「四人は、どういう関係だったのです？」

「若いころにたむろしたジャズ喫茶の常連客ですよ。そこに通ううち、気の合った四人で『おくのほそ道』の旅に来たことがあったのです。平泉にもね」

「三人の死はいつ知りました？」

「昨日の夕方です。一昨日から、目が離せない患者さんがいたり、救急車が相次いだりして、テレビなんか見てる暇がなかったのでね。病院の食堂で、軽くなにか食べようと思って、テレビに目をやったらびっくりですよ」

「三人は、なぜ、殺されたんだと思います？」

「そんなこと、ぼくにわかるわけないでしょう」

「思い当たることは？」

「まったくないですね」

「三人はどんな人たちでした?」

「皆、気のいい人たちでしたよ。女性は二人ともチャーミングだったし」

「もしかして、大間木さんも狙われるということは?」

「それはわからないですよ。でも、気持ちは悪いよね。四人で会ってたのは、なんせ四十年も前のことだから。あのころ、ぼくたち四人を恨んでいたやつがいたのかなあ、とか考えたよ。でも、そんなやつ、考えられないね。しかも、なんで四十年も経《た》ってから、そんなことをしなくちゃいけないの?」

院長に訊かれて、前にいた若いリポーターが、思わず、

「ですよね」

と、うなずいたのは滑稽《こっけい》だった。

「今度の旅行の言い出しっぺは誰だったんです?」

「わからないね。ぼくに連絡をくれたのは、時波くんで、ひさしぶりに四人で会おうとね」

院長はどの質問にも澱《よど》みなく答えた。

マスコミの連中もそろそろ訊くことがなくなったらしく、沈黙し出したとき、

「では、警察の方が来ておられるので」

と、院長は会見を打ち切った。

三

警察一行――警視庁組二人、深川署一人、福島署三人、さらに岩手県警二人、一関警察署二人の計十人は、病院の特別応接室に入れてもらった。それほどごてごて飾り立てられてはいないが、革張りのソファは大きくて豪華なものである。小柄な夕湖などは、背中をつけると足が伸び、テディベアみたいな恰好になってしまう。

「すみません。早く対応しないと、患者さんの迷惑になるものでね」

と、大間木院長は言った。

「ま、そうでしょうね。それで、院長先生、われわれもまだ事情を把握しきっていないし、さっきも誰かが言ってましたが、万が一、院長先生が襲われたりしても大変なので、しばらくのあいだ、制服警官を一人と、私服警官を一人、病院に常駐させてもらいたいんですよ」

一関警察署の刑事が言った。

「それは安心ですね。よろしくお願いします」

「ま、われわれが訊きたかったことは、さっきマスコミも訊いていたので、補足でいくつかお訊きしたいのですが」

「どうぞ、どうぞ」

「三人は、いっしょに来ることになっていたんですか？」

「どうなんですかね。そこらは詳しく聞いてなかったです」

「いつごろ来るとも？」

「いや。だいたい昨日、今日ぐらいの予定を言ってましたよ。どこか寄り道するかもしれないとも。なんせ、三人とも、そう忙しくない人たちだから」

「四人が知り合ったのは、なんていうジャズ喫茶です？」

と、夕湖が訊いた。

「お茶の水の神保町寄りの裏にあった〈ウェスト・コースト〉というジャズ喫茶です。というより、いまもあります。ただ、つい昨日、マスターの鹿島さんが亡くなったと新聞に載ってましたけどね」

「そうですか。なんか、偶然ですね？」

と、夕湖が言うと、

「変な感じがするなら、東京の警察に訊いてみたらいいでしょう」

院長は意外に鋭い視線を向けてきた。

「ああ、はい」

もちろん、するつもりである。

「そのあとも、しばしば四人でお会いになったりとかは？」

と、吉行が訊いた。

「ぼくがインターンを終えるころまでは店にも行ってましたから、四人とも顔を合わせていましたが、それからはまったく会ってませんね」

「まったくですか？」

「ぼくはね。そのあとアメリカに行ってたし、それからこっちに来ちゃったし。ただ、ほかの三人は、たまに会ってたかもしれないね」

「年賀状のやりとりくらいは？」

「ぼくはなくなってましたね」

院長の話だと、四人はどの程度の親密さだったか、あまり想像できない——と、夕湖は思った。

すぐわきに、救急車が入って来た。

「すみません。救急患者はまず、ぼくが診ることにしてるのでね」

院長が立ち上がったので、とりあえず警察一行も引き揚げることにした。

四

ツアーのバスは仙台の青葉城を後にした。

芭蕉は、仙台に四泊した。

この大きな城下町には、俳諧《はいかい》に熱心な人もいただろうし、本来ならもう少し長いあいだ滞在しても不思議はない。

芭蕉は、大手門から青葉城のなかにも入っている。

田辺はこのあたりをさぞかしサスペンスたっぷりに書くのだろう。

背後の青葉城を振り返って、

「月村くんのことだから、芭蕉隠密説なんだろう?」

と、松下剣之助が言った。

「あ、わたしも知りたい」

と、川井綾乃も言った。

「ぜったい間違いないとまでは言えませんが、かなりの確率で隠密だったと思いますよ」

月村がそう言うと、

「やっぱり」

と、川井綾乃は嬉しそうにした。

月村は、自分の体験から言っても、芭蕉の事情はよくわかる気がする。月村のようなライターでも、海外取材などは、一つのテーマだけを目的に行ったりはしない。現地で当たることができるほかのテーマを探し、別の出版社に企画を売り込んだりする。あるいは、以前から追いかけて来たテーマを、ついでに取材したりもする。そうやって、いくつものテーマを掛け持ちして、少しでも資金を潤沢にするような工夫をする。それで、最初のテーマの取材がおろそかになったりすることもない。

もちろん、芭蕉のいちばんのテーマは、憧れだった旅に出て、俳諧の想を練り、やがて紀行文にまとめようというものだったろう。それに隠密仕事を付随させていたとしても、芭蕉の業績を汚すようなものではない。

「だが、状況証拠の積み重ねってやつだろう?」

松下剣之助は皮肉っぽく言った。

「だって、隠密だったという文書なんか出てくるわけないじゃないですか」

「そりゃあそうだが」

「隠密説を唱えるなら、雇い主は誰か、なにを調べたかを明らかにしなければいけないと思いますが、そこもクリアしてる気がしますし」

「ほう」

「雇い主は幕府じゃないんですか?」

と、川井綾乃が訊いた。

「幕府の直接の隠密ではないでしょう。ぼくは伊賀の藩主の藤堂家だと思います」

「狙いは?」

松下がつづけて訊いた。

「伊達藩、というより、その背後にあるもの」

「なんだい、背後にあるものって?」

「それが言えないいんです。今度、田辺惣一郎さんが『歴史ミステリーツアー』で連載小説に書きますので」

「それは月村くんの説がもとになっているのか」

「そうですね」

「早く読みたい」

と、川井綾乃が言った。

「松島あたりの芭蕉の足取りも変なんですよねえ」

「どんなふうに？」

松下が訊いた。

「曾良の日記によれば、瑞巌寺《ずいがんじ》には船を下りるとすぐ案内されているんだけど、芭蕉は翌日に行ったと書いているんだ。しかも、書き方がすごく素っ気ない。当時もあった政宗《まさむね》の像についても、なにも触れていないしね」

「伊達藩は敵なんですね？」

「そうだろ」

「松島はどうなんでしたっけ？」

川井綾乃は、文庫本の『おくのほそ道』をめくった。

「松島は、そもそも旅の目的の一つとしたところだからね。芭蕉もここは筆を振るっているよ。杜甫《とほ》やら、蘇東坡《そとうば》やら、中国の詩人の文もちりばめ、どうだ、これぞ名文と言わんばかりだ。でも、不思議なことに句をつくっていない」

「あれ、これは？」

「曾良の句だろ」

松島や鶴に身をかれほととぎす
という一句が記されている。

当人はというと、絶景に接して、句を詠むどころではない、などと言っているのだ。

「クリエーターにこれはないよね」

と、月村は言った。ここにこそ数日滞在して、一句をものすべきではないか。

「『松島や、ああ松島や、松島や』と詠んだんじゃないのか？」

と、松下剣之助が訊いた。

「芭蕉がそんなこと言うわけないでしょう。それは後世のでたらめです」

まるで追い立てられるように、あるいは本当の目的がこの先にあるように、芭蕉は松島を後にしたのである。

五

だが、バスツアーは、ここここそ最大の見どころである。

もちろん遊覧船も乗ったし、瑞巌寺から五大堂《ごだいどう》、福浦島《ふくうら》への橋も渡ってもらった。

福浦島からの景色に見とれていると、夕湖から電話が来た。

「ニュースとか新聞は見てくれた？」

「うん。ニュースショー見てたら、第四の人物がわかったってとこで、ぼくはバスの出発時間になってしまって」

「ああ、わかったんだよ。一関市に住む大間木徹っていう平泉総合病院の院長先生」

「生きてたわけだ」

「そう。これから狙われるとか騒いでいるマスコミもあって、たいへんな騒ぎよ。わたしも今晩は平泉泊まりになりそう」

「へえ。ぼくも今晩は平泉だぞ」

「だよね。なんか、旅行で来てるみたいだよね」

夕湖の声が弾んでいる。

「この前の分？　ほんとだな。ところで、その四人目も病院の院長だから、金持ちなんだろうな」

「凄いよ。なんていうの、国立とか市立とかいうんじゃなくて、オーナー院長。自分でつくった、あのへんじゃいちばん大きい総合病院だもの」

「へえ」

「でも、もともとはお金とか関係なくて、四人はジャズ喫茶の常連客だったんだって」

「そうなの。東京のジャズ喫茶？」

「そう。お茶の水の〈ウェスト・コースト〉ってとこ」

「ウェスト・コースト！」

月村が思わず声を張り上げたので、隣にいた観光客が驚いてこっちを見た。

「知ってるの？」

「もちろんだよ。ずいぶん通ったんだ」

「そうなの」

「マスターはつい最近、亡くなったんだ」

「そうみたいね。なんか、あんまり変なタイミングだから、いちおう、さっき、管轄の神田警察署に訊いてみたの。ちゃんと調べていて、毒物も飲んでなければ、自殺でもない、病死に間違いないって」

「そうか。〈ウェスト・コースト〉の常連客だったのか」

月村もショックを受けている。

六

月村も松島をたっぷり堪能したが、芭蕉もしっかり見て回ったに違いない。

伊達綱宗の放蕩三昧も、次の藩主・綱村の神社仏閣の建立も、埋蔵金が支えているのではないかと、疑《うたぐ》りもしただろう。

もしかしたら、芭蕉たちは、意外にいいところまでは迫ったのではないか。

なにせ、いまよりもまだ、言い伝えだの書き付けだのも残っていたはずである。

次はいよいよ平泉。

月村もツアー客も、ぞろぞろとバスにもどった。

バスに乗る手前にコンビニがあり、夕刊紙が売られていた。

ふだん夕刊紙はあまり買わないが、センセーショナルな見出しにつられ、つい買ってしまう。

乗り込むと、松下剣之助も同じ夕刊紙を買って読んでいた。

「おう、月村くんもか」

「なんか近所の騒ぎみたいな気がして」

「一関も大騒ぎみたいだぞ」

「そうでしょうね」

バスが松島を出発すると、ツアー客は疲れたらしく、どんどん眠りに落ちていく。

だが、遊覧船などではほとんど寝ていた松下剣之助は新聞を読みつづけている。

「しかし、変ですね」

と、月村は言った。

「なにが?」

「これに、殺された人たちのこれまでの経歴が書いてあるんです」

「うん。あるな」

石川早苗は都内の医療関係の専門学校を出たあと、コイン商に勤め、コイン鑑定士としても活躍した。

時波紳二郎は証券会社に勤め、アメリカ支社には五年いて、その後、独立。トレーダーになった。

塚田眞砂子はH大学の英文科を卒業後、大手銀行に入社、不動産関係を担当し、不動産業を始めた。

大間木徹は、A医科歯科大を出たあと、アメリカに留学、A医科歯科大付属病院に勤務後、一関市立病院を経て、平泉総合病院を設立した。

「これを見て、なんか違和感覚えるんです。大間木はともかく、三人ともお金に関係のあるところに勤めているんです。偏見かもしれないけど、ジャズ喫茶にたむろしていたような人たちが、なんとなくお金のほうに行くかなあと」

「月村くん。それは金儲けを悪のように思っているからではないのかい？」

「いや、そんなことは思いませんよ。でも、四十年前の人たちでしょう。ぼくがジャズ喫茶に行ってたころ、常連だった年配の人って、ぼくの恩師の大学教授でしょ、売れない落語家でしょ、出版社の社員でしょ、宮大工でしょ、パティシエでしょ、立ち食いそば屋さんでしょ。金融関係なんか一人もいなくて、皆、お金のことを考えるなら、昼寝でもしていようという感じの人でしたよ」

月村は一人ずつ顔を思い出しながら言った。

「ほう」

「よほど、お金にまつわるなにかがあったんですかね」

「埋蔵金でも見つけたんじゃないのか？」

松下剣之助は笑いながら言った。

「ええ、ぼくもそう思うんですよ」

月村も笑顔で言った。

七

バスが平泉に到着するとすぐ、月村は亡くなった〈ウェスト・コースト〉のマスター、鹿島亮介に電話をしてみた。携帯の電話番号は聞いてあった。

呼び出し音が何度かして、

「もしもし」

と、女の声がした。

「鹿島さんの携帯ですね？」

「はい。でも、鹿島は」

「新聞で見ました。ぼくは、お店の常連だった月村といいますが」

「ああ、月村くん。真純《ますみ》です」

月村のことを覚えていてくれた。

「やっぱり。もしかして真純さんがお出になるかなと思ったんです。このたびは残念でした」

「ありがとう。そうなの。新聞見てくれたの？」

「はい。亡くなった翌日でしょう」

「すぐに載せてくれたみたいね」

「真純さん、見てないんですか？」

「だって、ばたばたしちゃって。ほんと、大忙しよ。なんせ、あの兄の遺言といったら、葬儀もなにもいっさいするな、さっさと焼いて、小笠原の海に撒《ま》いてくれだもの」

骨を海に撒いてもらうというのは、昔から言っていた。

だが、小笠原の海というのは意外だった。

「小笠原？　マスターの故郷って館山《たてやま》じゃなかったんですか？」

「それは中学から。あたしたち、生まれは小笠原なの」

「そうだったんですか。じゃあ、行かれるんですか？」

「行くわよ。わがままなところもあったけど、あたしを大学に行かせてくれたりしたのは、あの兄だからね」

「じゃあ、忙しくて、このところの新聞やテレビは見てないんですね？」

と、月村は訊いた。

「うん。なにかあった？」

「石川早苗さんてご存じですか？」

「知ってるよ。古い常連さんだもの」

「時波紳二郎さんは？」

「うん。石川さんの友だちだよ」

「塚田眞砂子さんは？」

「あら、塚田さんとは、会ったばっかりよ」

「え？　そうなんですか？」

それは意外である。

「そう。福島でね」

「じつは、この三人は全員、殺されているんです。毒物で」

「ええっ。塚田さんも……？」

息を飲んだ気配が伝わってくる。

それから「落ち着きたいので座らせてくれ」と言い、ペットボトルかなにかを飲むような音もした。

「塚田さんとは、どういう経緯で会われたんですか？」

「うん。じつはね……」

月村は話を聞き、

「それはすぐに警察に言わないと駄目ですよ」

と、親身になって言った。

「そうなの？」

「どっちにせよ、警察はすでに真純さんの動きを調べてますよ。早く、こっちから行って、すべて正直に話すべきです。捜査本部は、深川警察署にあります」

「わかった、そうするわ」

真純の電話が切れた。

八

月村の電話から三十分ほどして——。

深川警察署にいた警視庁捜査一課の大滝豪介が、上原《うえはら》真純と名乗った五十代の女性を前にしていた。

「じつはわたし、連続殺人の被害者の塚田眞砂子さんと、福島で会ってまして、そのことを警察にお話ししなければとやってまいりました」

「えっ、ちょっと待ってください」

すぐに深川署の刑事課長と、もう一人、署の刑事も呼んで来て、三人で話を聞くことになった。

「わたしの兄の鹿島亮介は、お茶の水でジャズ喫茶〈ウェスト・コースト〉を経営していたのですが、その兄が急に旅に出ると言い出したのです。兄は、長年の飲酒で肝臓がぼろぼろになっていて、ずいぶん前にお医者さんから肝硬変だと言われたのですが、それでも飲んでいたのです。それで旅なんかぜったい無理だと止めました。でも、どうしても行くと言うから、平泉までだと言うので、じゃあ、いっしょに行ってやるからと」

「いつのことです？」

と、大滝が訊いた。

「ええと、三日前ですね」

「なにで行ったんです？」

「新幹線で一関駅までです」

「つづけてください」

「平泉では中尊寺の見物でもするのかと思ったら、会いたい人がいるから、お前は中尊寺の見物でもしていろと。それで、二時間くらいしたら、平泉の用事は終わった、次は福島に行くぞと」

「それも、その日のうちですね？」

「はい、そうです。福島の駅前で、レンタカーを借りました。はい、わたしの免許証でです。それで、新幹線で到着した塚田眞砂子さんを車に乗せました。それで、飯坂温泉に行き、行き当たりばったりでホテルを取りました。家族が泊まるような部屋で、わたしと兄が和室に寝て、塚田さんはベッドの部屋です」

「塚田さんはどんな感じですか？」

「楽しそうにしてましたが、ただ、兄の顔色があまりにも悪いので、驚いたみたいでした」

「石川さんと時波さんの話はしてなかったですか？」

「してました。ほんとは七月の初めくらいに、いっしょに旅行しようという話になっていたみたいで、まだ連絡がなくておかしいと」

「連絡はしたんですか？」

「さあ。ただ、あの人たち、もともとそんなに行き来はなくて、むしろ兄を通して、近況を聞いていたみたいな感じでしたから」

「お兄さんはなんと？」

「ぼくの具合が悪くなって、延ばしてもらったんだと言ってました」

「お兄さんと喧嘩したとかは？」

「喧嘩なんかしませんよ。塚田さんは、わたしも若いときに何度もお目にかかってましたし、兄も懐かしそうにしていました。それで、翌朝、塚田さんはこれから平泉に行くと言うので、兄が車で送って行きました」

「一昨日のことですね？」

「そうです」

「何時ごろでした？」

「早かったですよ。わたしも半分、寝惚《ねぼ》けていたくらいで、四時とか五時とかだったと思います」

大滝は、刑事課長を見て、うなずいた。福島署からの報告と話は合っている。

「それで、九時くらいにチェックアウトしてから、兄が福島で一カ所、行きたいところがあると言うので、芭蕉が立ち寄ったという史跡に行ったのです。でも、なんだか事件があったみたいで、まさかそこで塚田さんが亡くなっているとは思いませんから、すぐに引き返しました。それで、福島駅から東京に帰り、兄はジャズ喫茶に帰り、わたしは小石川《こいしかわ》の家にもどりました」

「それは何時ごろです？」

「東京には二時ごろにもどりました」

「お兄さんとは別に暮らしているんですね？」

「はい。わたしは別に家庭を持ってますから。ただ、兄は独身で、身体もよくないので、ときどき行って、手伝っていたのです。もっとも、ここ半年は、店もたまにしか開けていませんでしたが」

「亡くなったのはその日のうちですか？」

「そうです。いったんは家に帰りましたが、兄はものすごく具合が悪そうだったので、店に行ってみたら、亡くなっていたのです。レコードをかけ、ソファに寄りかかるようにしていましたが、一目見て死んでいると思いました。いちおう救急車を呼んだりしていたら、ちょうど新聞社に勤めている常連さんが来たので、ぜひ記事にしたいと」

「それが一昨日の夜？」

「はい。兄からは葬儀はやるな、すぐ骨にして故郷の海に撒けと、口を酸っぱくして言われてましたので、いずれ、小笠原に行き、撒いてくるつもりでいたところ、知り合いが大変なことになっていると教えてくれました」

「なるほど」

「テレビとか見ている暇もなかったです。まさか、塚田さんがあそこで殺されていただなんて。しかも、石川さんも、時波さんも、昔の常連さんでしょ。驚きました」

「ははあ」

「なんか、兄が犯人みたいですよね」

「いや、まあ、決めつけてはいけませんから」

と、刑事課長が言った。

「でも、兄が塚田さんを殺すなんてことはないと思います。だって、いちばん最初の、店を始めたばかりのときの常連さんだから、あの人たちには、ほんとに特別な思いがあるんです」

「四十年のあいだ、ずうっと来ていたんですか？」

「ええ、たまに来ていたみたいですよ。ただ、もう一人、大間木さんていうお医者さんになった方も仲間でしたが、大間木さんは忙しくなって来られなくなったみたいですが、ほかのお三人は、ばらばらに何年かに一回というペースで来ていたみたいです」

「お兄さんは、その昔の常連に会いたがっていたのですか？」

「はい。兄も残りの命が短いことがわかったからでしょうね。このところますます、あの人たちのことを気にするようになっていたみたいです。兄はね、たぶん、石川早苗さんのことが好きだったんですよ」

「ほう」

「早苗さんは、最初、うちでアルバイトしてたんです。まだ、高校生だったんじゃないかしら。それで、レントゲン技術とかを学ぶ専門学校に行ったんですね。

お洒落な人で、お前も早苗さんのファッションセンスを見習えとか言われてね」

「ははあ。じつは、福島の警察があなたが福島の現場にいるところを写真に収めているんです」

「そうですか」

「なんとなく、石川早苗に似ているという感想もあったのは、お洒落のセンスが似ていたからでしょうね」

「だから、早苗さんのことなんか殺すわけがないですよ」

「ま、それは、いまはどうこう言えないので……」

大滝が気の毒そうな顔で言った。

九

平泉のホテルに入り、夕食を終えたあと、月村はロビーに出て、夕湖に電話すべきかどうか迷っていた。

警察だって気づくはずである。

だが、警察は証拠や証言がなければ、隠されているものを取り出そうとはしない。

そのことを知っているのは、一人だけであり、その人が真実を話すかどうかはわからない。

とすると、そのことは永遠の秘密になってしまうかもしれない。

しかし、ここは素人が出しゃばるところでもないのだ。

頭を抱えていると、

「おい、月村」

「え？」

意外な男が前に立っていた。

編集者の堀井次郎である。そのわきには、田辺惣一郎の娘の高嶺が、かすかに微笑《ほほえ》みながら立っている。

「お前、なんでいるの？」

「なんでじゃないだろうが。おれは編集者だぞ。田辺先生の連載も、交渉は編集長がしたけど、連載がスタートしたらお前がやれと言われているんだ」

「そうなの」

堀井の魂胆は見え見えだったが、月村はしらばくれた。

「聞きましたよ、月村さん」

と、高嶺が言った。

「なにを？」

「月村さんは名探偵なんだって。いままでも、警察に解けなかったいろんな事件を解決したんですって？」

「なにを言ってるんですか。昔の探偵小説じゃあるまいし、名探偵なんているわけないですよ」

月村は否定した。田辺惣一郎の小説のモデルになんかされたら大変である。

「一杯、飲もうよ、月村」

と、堀井がバーのほうを指差して誘った。

「ちょっと待って。いま、電話を一本したら行くから」

まさか、高嶺から名探偵なんて言われたからだとは思いたくない。だが、月村の胸のうちに使命感のようなものが燃えたのである。いま、ぼくが告げないと、大事な真実が闇のなかへ消えてしまう。

電話の相手はすぐに出た。

「月村くん？」

「夕湖ちゃん。殺された三人と、生き残っている病院の院長は、四十年前にこの平泉で埋蔵金を見つけたんだよ」

第七章　さかのぼる謎

一

月村弘平が電話で埋蔵金のことを告げると、

「なに、それ？」

と、夕湖は訊いた。

「この平泉には、平安時代末期に栄えた藤原三代が隠した埋蔵金があるとは、昔から言われていたんだ。それを四十年前に発見し、自分たちのものにしたのさ」

と、月村は言った。

埋蔵金などと言うと、いかにも胡散臭いものに思われるかもしれない。だが、日本、いや世界中に、膨大な埋蔵金が存在しているのは事実なのだ。亡くなった埋蔵金研究家の畠山清行《はたけやませいこう》氏によれば、毎年一件以上は、埋蔵金が発見されてきたらしい。しかも、文献などに記されている有名な埋蔵金のほとんどは、いまだに見つかっていない。あの四人が、藤原家の埋蔵金を見つけていたとしても、なにも不思議はないのだ。

じっさい、藤原家は莫大な金を有していた。中尊寺の金色堂《こんじきどう》が昭和三十年代に解体修理したとき、金箔三万枚、およそ十五キロが使われた。だが、建造時にはこの十倍、一五〇キロの金が使われたという。それでも、持っていた金のすべてを使ったわけではない。源頼朝に滅ぼされる前に、藤原家再興のための軍資金として、金を隠さなかったと言うほうがおかしいくらいだろう。

「じゃあ、大判小判がざっくざく?」

夕湖は、おとぎ話に出てくるような場面を想像して言った。

「いやいや、それはないね。当時、大判小判はつくられていない。あれは、江戸時代のお金だから。奈良時代に少しだけ金銭がつくられたことはあったけど、ほとんど流通しなかったし」

「通貨として使わなかったら、金の価値もたいしたことはなかったんじゃないの？」

「そんなことはない。たいがい砂金や塊《かたまり》のかたちで使われた。もちろん、貴重なものだったよ」

「その金を狙って殺人がおこなわれたというわけ？」

「そうじゃないと思う。でも、大きく関わっていることは間違いない。四十年前、あの四人はこづかいにさえ不自由するくらいの、ふつうの若者だった。だいたい、お金のある人は〈ウェスト・コースト〉になんかたむろしない。あそこは、安くて粘っていられるから、若い連中もいついたんだ」

「でも、いまは皆、大金持ち」

「あるとき急に金持ちになったんだ。四人いっしょにね。不自然だろ？　それまで、金融関係になんかまったく縁がなかった連中が、進路の方向を転換して、金融関係に行った。それはなぜか？」

「なぜ？」

「金塊や砂金なんか手に入れても、これをどう通貨に替えるかは簡単じゃないよ」

「金貨とか扱うところは？　メイプルリーフとかあるじゃん」

「いまどき砂金とか、金の塊なんか持ち込むやつはいないよ。ぜったい怪しまれるし、しかも一度や二度で済む量でもなかったはずだ」

「うまく両替する方法を学ぶため、それぞれが金融関係に？」

「たぶんね。コイン商とか、証券会社とか、銀行とか。そういうところにいたほうが、ぜったい両替の方法も見つかるはずだ。もちろん、彼らは両替の情報も教え合っただろう。それで何年かかったのかはわからない。でも、彼らは見つけた金を処分し終えて、莫大な資金を握った。あとはそれぞれが上手に運用して、いまのような大金持ちになったんだろうな」

世のなかというのは、資金を持っている者が圧倒的に優位なことは、夕湖にもわかる。よほどの無駄遣いや、博打《ばくち》みたいなことさえしなかったら、お金はお金を生み出すようになっているのだ。

「証明はできるかしら？」

「それは、金の取引関係のところを当たっていけば、かならず出て来ると思うよ」

「でも、殺された人たちのお金は動いていないよ」

「だから、直接の原因はお金ではないんだろうな」

「さっぱりわからない」

「うん。でも、このことは頭に入れておいたほうがいいと思う」

「わかった」

夕湖はうなずいた。月村の忠告が外れたことはない。

「それと、東京から〈ウェスト・コースト〉のマスターの妹さんの話が入って来ると思うんだ」

「そうなの？」

「ぼくが聞いて、警察に連絡するように言っておいたから」

「そうだったの」

「その話と、埋蔵金のことで、だいぶ全体は見えてくる。ただ、いちばんの引き金のところに謎が残っているけどね」

月村はそう言って電話を切った。

二

月村が言ったように、ほどなく東京から連絡が入った。

それを読み、夕湖は吉行や高井だけでなく、福島や一関の刑事たちも見回し、

「犯人がわかりそうです」

と、言った。

「なんだって！」

各自にメールのかたちで入った長い報告書を読んでもらうと、とりあえず、一関警察署のなかに、捜査本部の分室のようなものをつくってもらうことになった。そうでないと、深川署や福島署までいちいちもどらなければならなくなる。

臨時分室に入った警視庁や各県警の刑事たちは、話し合いを始めた。

「これを読むと、ジャズ喫茶のマスターである鹿島亮介が犯人であることは間違いなさそうだな」

「福島の塚田眞砂子殺しについてはそうだろうが」

「たぶん、深川の二件もそうだろう。時波の携帯電話の着信履歴に、鹿島亮介の番号が見つかったそうだ」

「石川とは？」

「電話じゃなく、直接、会っているかもしれないだろう」

「なるほど」

「東京の捜査本部の見方だが、石川と時波殺しからあいだが空いたのは、たぶん鹿島の体調のせいではないかと」

「確かにあいだが空いたな」

「ほんとは三人を次々に殺すつもりだったが、鹿島は疲れ果てて、できなかったんじゃないかと思われるらしい」

「だが、なんで鹿島が三人を殺さなくちゃならなかったか。この妹の証言を読んでもさっぱりわからないだろう」

「常連客だったのも四十年くらい前なんだろう？」

「大間木はわかってるんじゃないのか？」

「だが、大間木はわかってないから殺されていないのかもしれない」

「鹿島が塚田眞砂子と会う前に、平泉に来たのは？」

「大間木と会ったんだろう」

「それしか考えられないよな」

「だが、大間木はなぜ、そのことを言わないんだ？」

「これはまだ、あるよな」

　皆、考え込んだ。

夕湖は迷っていた。埋蔵金のことを告げようかどうか、ということである。

月村はかならず証明できると言っていたが、ここで埋蔵金なんて突飛な話を持ち出したら、馬鹿にされるだけではないか。

だが、会議は停滞してしまっている。突破口が要る。

「あの……」

それまで黙って聞いていた夕湖が口を開いた。

「なんだ、上田？」

吉行が訊いた。

「四人は四十年前、この平泉に旅しています」

「そんなようなことは言ってたな」

「そのとき、藤原三代の埋蔵金を見つけたんじゃないでしょうか？　いま、証拠はありませんが、これから探すつもりです」

「埋蔵金……」

吉行はぽかんと口を開けた。

ほかの刑事たちも唖然《あぜん》としている。なんだか、部屋いっぱいに金の粉が降り注いでいるような錯覚に陥りそうである。

そのうち、一関署の年配の刑事が、

「確かに平泉には、埋蔵金の伝説があります。藤原三代の金だけでなく、金売吉次の金の話もあります。それで、じつは四十年前くらいに、中尊寺の裏手の山奥で発見され、持ち去られたという噂《うわさ》もあるのです」

と、言った。

これには、警視庁や福島県警の刑事たちは、

「ほう」

と、歓声に似た声をあげた。

吉行がそっと顔を寄せ、

「上田。名探偵の推理だろう？」

と、囁《ささや》いた。それには答えず、

「確証みたいなものはあるのですか？　噂のもとはなんですか？」

と、夕湖は訊いた。

「わずかですが、砂金が山に落ちていたと。それと、山に掘った形跡もあったと」

「それは……」

充分、信憑性《しんぴょうせい》のある噂ではないか。

「伝説だとどれくらいの金が隠されたことになっているんです？」

吉行が一関署の刑事に訊いた。

「はっきりしていません。有名な伝説は、金の鶏のかたちにしたというものですが、それだと金の量はたいしたことはないでしょうな」

「だが、その埋蔵金の話を、四人の人生の前半に置くと、いまの彼らの境遇にも納得がいきますな」

「それだったら、大間木もなにも言えないわな」

「だが、鹿島の恨みはなんだ？」

「四人のうちの誰かに聞いたのかも。なんで自分に分け前をくれなかったのか、それで恨んだのか」

「経営危機でもあって、助けてくれなかった恨み？」

「だが、先行きが短くなってきて、殺しまでやるかな」

「しかも、大間木だけ、殺していないのはどういうわけだ？」

「大間木だけ、埋蔵金のことを知らないというのもあるかな」

会議は深夜までつづき、

「とにかく明日、大間木院長を問い詰めるしかないだろうな」

というのが結論になった。

三

翌朝——。

朝食を済ませて、バスの出発を待っていた月村に、夕湖から電話が入った。

「いまから、大間木院長を問い詰めに行くの」

「そうなんだ」

「昨日の会議で、埋蔵金のことを言ってみた。証拠はこれから集めるということで。そしたら、地元にそういう噂はあったらしいよ」

「やっぱり、そうか」

「それで、昨日の会議でも、犯人は亡くなったマスターしかいないってことになったんだけど」

「そうだな。でも、マスターのことはぼくもよく知っているけど、かんたんに人殺しなんかする人じゃない。たいした儲けもないのに、アフリカの飢えた子どもたちに寄付金を送りつづけるような人だったんだ」

「そうなの」

「身体が弱って、判断力が鈍ったということも当然あるだろう。だが、まだわかっていないことがあるんだろうな」

「大間木が、マスターに会ってるのは確実なの」

「確かめた？」

「うん。ゆうべのうちに、病院の防犯ビデオを確認し、マスターの妹さんに画像を送って、本人確認を済ませてある」

「それは凄い」

こういうことになると、警察の組織力にはぜったい勝てないのだ。

「大間木がそのことを言わなかったのはどうしてだと思う？」

と、夕湖が訊いた。

「それは、埋蔵金を盗んだからだろう。埋蔵金は拾得じゃない。盗掘だ。あとは、なにか、こっちにはわからない心理の綾《あや》もあるのかもな」

「そうか。じゃあ、いちおう報《しら》せておこうと思って。これくらいは、捜査の機密漏洩《ろうえい》には当たらないと思って」

「うん。大丈夫だろうね」

電話が切れると、月村はしばらく考えた。

それから手を打ち、近くにやって来ていた高嶺に声をかけた。

「高嶺さん。もし、よかったら探偵仕事を手伝ってもらいたいんだ」

「えー！　もう、なんだってします。悪党を色仕掛けでおびき寄せますか？　捕まって縛られて、月村さんの助けを待ちますか？」

高嶺は勢い込んで言った。

「いや、そんなに大活躍はしなくていいんだ。ちょっと図書館に行って来てもらいたいんだ」

月村がそう言うと、高嶺は少しがっかりした顔をしたが、

「お安いご用です」

と、微笑んだ。金髪も相まって、ちょっと菩薩《ぼさつ》さまのように見えた。

「じつはね……」

月村はかんたんなメモもつけて、仕事を依頼した。

四

平泉総合病院長の大間木徹は、朝の回診を終え、診察室の戸棚に隠した愛用のバーボンを一口だけ飲み、一息ついた。

毎朝の回診は怠りなくつづけている。

その回診で、勇気づけられ、安心を得ている患者がほとんどだろう。

だが、六十五になったいまは、けっして楽な仕事ではなかった。たまには休みたい。四、五日くらい温泉にでも浸《つ》かって、疲れを取りたい。

昔の友だちが来るのは楽しみだった。

どうにかして、二日、三日くらいは、連中と小旅行でもするつもりだった。もう、あのことの後ろめたさも、ずいぶん薄らいできているはずだった。

ジャズ喫茶〈ウェスト・コースト〉の常連だったあのころ――。

知り合ったとき、石川早苗は常連というより、まだ高校三年生で、アルバイトで働いていたのだ。それから専門学校に行き、やっと客のほうになれたのである。お洒落で、可愛い女の子だった。

時波は大学三年生になったばかりだった。旅行業界に進み、世界を旅したいなどと夢見ていた若者だった。

塚田眞砂子は、大学二年生。英文学専攻で、シナリオの勉強がしたいと言っていた。

そして自分は、医大のインターンだった。

四十年前のちょうどいまごろ、四人は、マスターの鹿島亮介といっしょに、一週間の『おくのほそ道』の旅に出るはずだった。もともとは、マスターの鹿島が計画し、四人がそれに乗った。女の子二人は資金不足で、マスターが旅費を立替えていた。

ところが、前の日に、店で出したつまみで食中毒が出てしまい、マスターは旅に出るどころではなくなった。仕方なく、四人はさほど詳しくもないのに、『おくのほそ道』の旅に出たのだった。

退屈な旅だった。なにせ素養がないし、マスターが解説してくれるのを期待していたから、勉強もしていない。

駆け足で有名な平泉の中尊寺までやって来たが、感激したのは金色堂くらいで、

「京都のほうが凄いよな」

「早めに東京に帰ろうか」

などという意見も出たほどだった。

「山登りでもしようか」

とは、時波が言い出したのではなかったか。

中尊寺の裏のほうから山に入った。

ほとんどどこを歩いているのかはわからないが、遭難するような心配はなかった。

石川早苗が足を滑らせたとき、靴の裏に光るものがついた。

「金じゃないよね」

「え？　ここらは金が出るんじゃないの？　だから、あんな金色堂とかつくることができたんだろ」

掘ってみた。途中、大きな石にぶつかった。これを四人がかりで、梃子《てこ》を使ってどかした。

「嘘だろ」

かつては布袋に包まれていたのだろうが、いまは裸状態になった金塊と砂金が現われた。

「持ち帰ろう」

言い出したのは自分だった。奨学金に首を絞められているような生活から、いっきに抜け出せるはずだった。

「まずいよ、それは」

女の子たちは反対した。だが、経済力だけでなく、女の子は将来にわたって、男社会の理不尽さに苦しめられることまで持ち出し、なんとか説得した。

四人でリュックに保管し、一人十キロから二十キロを背負った。一度で運びきれず、東京に帰って時波のマンションに保管し、また平泉に行き、運んで来た。もう出そうにはなかった。

ぜんぶで百三十キロ。

あのころ、金の値段は変動相場制になっていて、ちょうど高くなったころだった。一グラム五千円。

六億五千万。

だが、どうやって現金にしたらいいか、それはわからなかった。

その方法を知るため、時波は証券会社に、塚田は銀行に就職し、石川はコイン商に勤めた。確かに、そういった世界にいるからこそ、わかることはいっぱいあった。

　すべて換金するのに三年かかった。

　きれいに山分けした。

「こういう金を握ると、かならずくだらない使い方をして一文無しになるやつが出るだろうな」

「そうかも」

「それで、まだ持っているやつにたかりに来るんだ」

「それはしないと約束し合おうよ」

　幸い、そうなった者はいなかった。

　自分はこうして大病院を建て、一億、二億ははした金と思えるくらいになった。ほかの三人も、上手に減らすことなく増やしていた。

　お茶の水の店には、ほかの三人はたまに顔を出していたらしい。店は何度かつぶれそうなときはあったが、どうにか持ちこたえ、いままでつづいて来た。

　だが、自分だけは、あそこにはあまり行く気がしなかった。

　なぜなら、あのマスターは、四人のうち、おれのことだけは好きではなかったからだ。それは、言われなくてもわかっていた。

一度、〈ウェスト・コースト〉に猫の尻尾《しっぽ》を持って行って、常連客に見せたことがあった。その猫は、病院の裏手に棲《す》みついていた野良猫で、悪さをするので薬殺し、医学に役立てるため解剖したものだった。

その尻尾を見て、マスターは激怒した。

「猫を平気で殺すやつは、人間も平気で殺すぞ。大間木、お前は医者になんかなるな」

そうも言った。

あのマスターはわかっていないのだ。医学はそんな甘っちょろいヒューマニズムだけで進歩するものではない。残酷とも言えるくらいの非情さが必要なのだ。

そのマスターが、突然、ここにやって来た。

死にそうな顔でそこのソファに座り、

「お前のせいで、石川も時波も塚田も地獄に落ちた。だが、おれもあいつらといっしょに地獄に行って、またうまい酒を飲ませてやる。いい音で、ジャズを心ゆくまで聴かせてやる。しかし、お前だけは別だ。お前だけは、別の地獄に行け」

絶え入るような声でそう言った。

医者の目で、あれは明らかに肝硬変の末期だった。若いときから大酒を飲みつづけてきた報いだった。

黄疸《おうだん》が出て、鼻の頭は赤く、指先が太くなっていた。いわゆるばち指というやつ。しかも、痩せているのに腹だけはぷっくり膨れていた。腹水が溜まっているのだ。ふつうの患者なら、そのままベッドに縛りつけ、まず腹水を抜いてやっただろう。だが、マスターが忠告を聞くわけがなかった。

あれはなにを言おうとしたのか。

やはり、埋蔵金を見つけたことがわかったのだ。三人のうち、誰かが話したのだ。四十年、守りつづけることができた秘密を、ここに来てマスターに洩らしてしまったのだ。

たぶん、マスターがもうじき死ぬとわかったから話したのだろう。誰が見ても、マスターの命が残り少ないことはわかったはずだから。

だが、マスターはとんでもない罰をおれたちに与えようとした。三人を殺したのは、マスターに違いない。

——それにしても、殺すまでしなくても……。

五

警察の一行は、朝十時に、平泉総合病院に乗り込んだ。

ただ、一行とは言っても、刑事の数は前日より大幅に少なくなった。というのも、

「大間木が殺人の罪から完全に外れるとなると、わたしどもはもう問い詰めたりする意味はないですね」

と、福島県警は外れることになり、

「しかも、たとえ大間木に埋蔵金盗掘の疑いが出ても、四十年前でしょう。時効ですよ」

岩手県警の刑事も言った。

そうなのだ。この種の事件は七年で時効を迎える。そのあとは、当然、起訴もできないし、捜査も難しい。いま、殺人事件に関連するからということでやらなければ、できなくなってしまうのだ。

それで、結局、病院には、吉行と夕湖、それから一関署の刑事二人でやって来

た。

大間木は当然、時効のことも見込んでいるのかもしれないが、

「これは朝早くから、お疲れなことで」

警察の一行を見て、苦笑した。

「いま、打ち合わせをするところで、終わったら伺いますよ」

それで、待たされることになった。

夕湖はそのあいだ、病院内を見て回った。

昨日のマスコミの喧噪《けんそう》は、きれいに去っていた。新聞記者の一人もいなくなっていた。どうやら東京のほうで、〈ウェスト・コースト〉と、そこのマスターの話が洩れたらしく、記者たちはいっせいにそちらに押しかけているらしかった。

改めて見ても、素晴らしい病院である。

内科、心療内科、外科、小児科、循環器科、整形外科、産婦人科、泌尿器科、眼科、耳鼻科、皮膚科……ほとんどすべての科が揃っている。

ベッド数は三百床。救急指定病院にもなっている。

大間木は、これを個人でつくりあげたのだから、たいしたものである。

三十分ほどして、

「さあ、どうぞ。なんでもお尋ねください」

と、大間木が声をかけてきた。

昨日と同じ特別応接室に招き入れられると、吉行がすぐに、

「じつは、三人を殺害した犯人は、鹿島亮介だという線がきわめて濃厚になってきましてね」

と、言った。

ちょうど出てくるとき、深川で殺害の当日、鹿島が知り合いからクルーザーを借りていたのがわかったという報告が来ていた。鹿島は若いときに、船の操縦免許を取っていたという。これに、二人を乗せ、毒を飲ませた。毒物は、以前、自殺をほのめかしたときがあり、そのとき入手したのではないかと、妹の真純が語ったらしい。

「そうですか。それはなんとも言えないくらいつらいですね」

大間木が眉間《みけん》に深い皺《しわ》を刻んで言った。

「ただ、鹿島亮介は、塚田眞砂子と福島で会う前に、こちらの病院を訪れているんですよね？」

「……」

大間木は答えない。

「なぜ、黙っていたのです？」

「それはまあ、訊かれていないということもありましたし、どこかで鹿島さんをかばいたいという気持ちもあったのでしょうね」

「そうですか」

吉行はそれから、質問を代われというように夕湖を見た。

「大間木さん。四十年前、あなたは石川早苗さん、時波紳二郎さん、塚田眞砂子さんの四人でこの地を旅しましたよね？」

と、夕湖は質問を開始した。

「しましたよ。『おくのほそ道』をめぐる旅でね。あのころは、まだ、芭蕉の偉大さなどわからなかったから、遊び半分の旅でしたけどね」

「あなたはA医科歯科大学のインターンでした」

「そう。家はとくに裕福ではなかったから、奨学金とアルバイトで、やっと卒業したようなもので、当時は貧しかった」

「でも、インターンを終えるとまもなく、アメリカ留学もなさった。このときはとくに奨学金を利用することもなかったようですね」

夕湖は手帳をめくりながら言った。

「ほう。ぼくの奨学金の利用履歴まで調べたの？　警察も細かいねえ」

「肝心なことですから」

「そうかねえ」

「亡くなった石川早苗さん、時波紳二郎さん、塚田眞砂子さんも、たいへん裕福な暮らしをしていました」

「そうだね。皆、恵まれた暮らしを送っていたらしいね。ぼくは、まったく会ってはいなかったけどね」

「ただ、不思議なんですよ」

「なにが？」

「三人とも、いや、大間木さんも含めて四人とも、四十年前あたりから、急に経済的に楽になった形跡があるのです」

「それは、皆、社会人になったり、大人として一生懸命働き始めたからでしょう。なんの不思議もありませんよ」

「そうでしょうか。お訊ねしたいのですが」

と、夕湖は背筋を伸ばし、大間木をまっすぐに見つめて、

「四十年前、あなたたちは平泉の山のなかで、藤原三代の埋蔵金を見つけましたよね？」

厳しい口調で訊いた。

「あっはっは。埋蔵金？　なにくだらないことを言ってるんですか」

大間木は愉快そうに笑った。

六

ミステリーツアーの一行は、金色堂のなかにいる。

皆、息を飲んだ。

「これは凄い……」

「さすがに世界遺産だねえ」

という声もした。

金色堂だけが世界遺産の対象になったわけではない。それでもやはり、この一角こそ、世界の人たちに誇り得る中尊寺の核心であることは間違いない。

とにかく黄金の輝きに圧倒されてしまう。

天井も柱も仏像も、黄金に輝いている。金色でないところも、螺鈿《らでん》細工や黒漆がほどこされ、視界がすべて、美で塗りつぶされている。

「はあ」

ため息しか出ない。

ここは何度見てもである。

写真撮影は厳しく禁じられている。だからこそ、なおさら肉眼で見て、脳裏に刻もうとするから、衝撃も強まるのではないか。

ただ、芭蕉が拝観したときは、劣化が進み、黄金の輝きは見られない。建造から五百年が経っているのだ。

フィクションの多い『おくのほそ道』でも、これはごまかしようがなく、

「七宝《しっぽう》散り失せて、珠《たま》の扉風に破れ、金の柱霜雪《そうせつ》に朽ちて、すでに頽廃《たいはい》空虚の叢《くさむら》となるべき」

と、残念なありさまをそのまま書いている。

いま、見られる金ぴかの金色堂は、昭和になって、建造当時のままに、修復復元されたものなのだ。

「なにせ藤原三代のあいだに、この近くで十トンの金が出たというからねえ」

松下剣之助の声がした。

「そんなに出たんですか」

川井綾乃も驚いていた。

「そうだよ。この金色堂で使われたのは、一五〇キロに過ぎないんだぞ」

「まだまだあったわけですね」

じつはそれの一部が見つかったと教えたら、さぞや驚くことだろう。

「日本はかつて、黄金の国ジパングと言われたが、残念ながら、金の産出量はずいぶん少なくなってしまった。それでも、鹿児島県にある菱刈《ひしかり》鉱山では、有名な佐渡《さど》金山がこれまでに産出した量の四倍ほどの金を産出し、まだまだありそうだというんだからな」

松下剣之助は、金の話で川井綾乃を圧倒するつもりなのか、顔色を輝かせながら言った。

「まあ。剣之助さん、今度、金山ツアーでも企画しましょうか」

「それもいいが、金山のことを言うなら、携帯電話は見逃せないよな。オリンピックのメダルのことでも話題になっているが、携帯電話は一台につき、〇・〇六グラムの金が使われている。含有率は、金鉱石より高いんだぞ。一億台で六トン。都市金山とも言われるわけだよな」

「はい。わたしも使わなくなった携帯電話を寄付しましたよ」

金の話になると、皆、どうしても興奮してしまう。じっさい、埋蔵金を目の当たりにしたら、ふつうの判断力は無くなってしまうのかもしれない。

金色堂を出るとめまいがした。

そのとき、階段を駆け上がって来た高嶺が、

「月村さん、見つけましたよ！」

と、コピーをかざしながら近づいて来た。

「あったかい？」

「ええ。ひどいものですよ」

月村は、コピーされた新聞記事を読み、

「これで、ぜんぶわかった」

と、言った。

「じゃあ、警察に？」

「いやあ、ぼくなんかが出しゃばる場合じゃないですよ」

「警視庁からも刑事さんたちが来てるんでしょう?」

「いまは、平泉総合病院じゃないかな」

「そうなんですか」

と言った途端だった。

「あ、痛《い》たたた」

高嶺は苦痛に顔を歪《ゆが》め、地面にうずくまった。

「どうした、高嶺さん?」

「わからない。でも、焼けるように胸が」

「お父さんはどこ?　田辺さんは?」

月村は周囲を見回した。田辺はさっきも、「ここでの芭蕉の武器はなんにしよう」などとつぶやきながら、うろうろしていたのだ。

「父なんか呼んでも無駄。それより救急車を」

「救急車だって?」

月村が茫然《ぼうぜん》とするうち、観光客の誰かが、119番の電話に叫ぶ声がした。

七

大間木院長は、とぼける一方だった。

なにをくだらないことをという態度を崩さなかった。

「そろそろお帰りいただきますか」

と、笑いながら立ち上がりかけた。

「では、四十年前、急に金回りがよくなったわけを教えてください」

と、夕湖は粘った。

「あのときは、競馬でも儲かったんですよ」

「競馬?」

「そう。なけなしの一万円で買った馬券が、万馬券になったことがありましたよ」

「そんな馬鹿な」

夕湖が憮然《ぶぜん》としたとき、救急車の音がした。

「院長、急患です」

看護師が入って来た。

「空いてる急患室は？」

「どこもいっぱいです」

「では、わたしの診察室に」

大間木はそう言って、隣の部屋に入った。

そのとき、タンカといっしょに入って来た男を見て、夕湖は啞然《あぜん》とした。

「月村くん……」

「知り合いが急に倒れてさ」

と、言ったとき、急患が呻《うめ》きながら、

「大間木院長は人殺しだ。四十年前、老夫婦と中学生の女の子、そして猫一匹を殺害した！」

院長を指差して言った。

「ええっ」

夕湖が驚いて月村と大間木を見た。

「なんだって！」

吉行と一関署の二人の刑事も、診察室に飛び込んで来た。

「なにを言ってるんだね、きみは？」

大間木が、急患の女性に訊いた。

「高嶺さん。それは誤解だ」

と、月村が言った。

「でも、これを！」

高嶺は新聞のコピーを掲げた。

「あ、それは……」

一関署の刑事が顔を見合わせた。

八

「マスターは誤解したんです。亡くなるころになって、しきりに店を始めたばかりのことが蘇《よみがえ》ったのでしょう。なかでも、四人は懐かしい常連客だったのです。だが、同時に、急に金回りがよくなった四人の事情も気になり出した。そこで、四十年前、四人が『おくのほそ道』の旅に出たころ、東北でなにか事件はなかったかと調べたのです。そして、ぶつかったのがこの事件でした」

月村は、タンカの横に立ったままで言った。

それは、なんとも残酷な事件だった。

老舗の菓子屋に強盗が入り、金庫にあった金、八千万円が奪われた。

ちょうど、店の建て替えを計画していて、そのために土地を売った金が入っていたのだった。金庫は、命乞《ご》いした老夫婦のどちらかが開けてしまったのだろう。

しかもいっしょにいた中学生の女の子まで、顔を見たため、殺害されてしまった。女の子の両親は、離れのほうに寝ていたため、この惨状には朝まで気がつかなかった。

そのわきで猫が刺されて死んだのは、犯人を引っ掻《か》いたためだった。

「藤原饅頭《まんじゅう》事件だ」

と、一関署の刑事が言った。

「だが、あれは解決してるぞ。猫が残してくれたＤＮＡのおかげで犯人も逮捕され、裁判も死刑で結審した」

と、もう一人の刑事が言った。

「そうですよね。でも、解決したときの報道は、ちょうどあの大震災のころと重なったため、ほとんど小さなものだった。東京では、むしろ報道されなかったと言っていいくらいでした」

　と、月村が話を引き取った。

「でも、マスターはその新聞記事を見つけ、これだと思ったのです。四人が『おくのほそ道』の旅行から帰って来て、急に金回りがよくなったのは、このひどい犯罪に手を染めたからだと」

「そうなんだ」

　いつの間にか起き上がっていた高嶺が言った。

「時期も悪かった。ちょうど重なってましたからね。しかも、この犯人は、猫に残虐なことをした」

　月村はそう言って、大間木院長を見た。

「〈ウエスト・コースト〉で噂は聞いてましたよ。マスターは名前は出さなかった。でも、昔、インターンの常連がいて、猫の尻尾を持って来やがったと」

「ああ」

　大間木はそう言って、そっぽを向いた。

「その猫の件があったから、マスターはなおさら確信したのでしょう。それで、大間木さんがほかの三人を唆したのだと」

「馬鹿な」

「マスターは、お金より大事なものを信じていた。そして、石川さんも時波さんも塚田さんも、そういう仲間だと思っていたから、許せなくなったのでしょう。ぼくも、殺すまでしなくてもと思います。なぜ、もうちょっと問い質《ただ》さなかったのかと。でも、あの人たちも、マスターには後ろめたい気持ちがあるから、話がちぐはぐになったりして、うまく弁解できなかったのかもしれません」

「お人よしが過ぎたのさ、あのマスターは」

大間木はそう言って、戸棚に近づいた。

バーボンを取り出し、グラスに注いだ。だが、残りは少なく、予備の一本を開けて、注《つ》ぎ足そうとした。

「それを飲んではいけない！」

と、月村は言った。

「え？」

「おそらく、毒が」

そう言ったとき、刑事たちが慌ててバーボンのボトルを取り上げ、

「鑑識を」

と、言った。

「鹿島さん、やっぱり、ぼくを殺すつもりだったのか」

と、大間木は言った。

「それはそうでしょう。あの三人を殺しておいて、大間木さんを殺さないわけがないでしょう」

と、月村は言った。

「マスターは、ここで言ってたよ。石川と時波と塚田は、永遠に飲み友だちだって。おれは、あいつらは許せると。だが、お前だけはぜったい許さないからなと。てっきり、埋蔵金のことだと思ったからね。なにを大げさなというつもりで聞いていたんだよ」

「埋蔵金も認めるのですね」

「ああ。でも、もう時効だろう」

「そうですね」

「あのマスター、真っ青な顔で、ろくに回らない舌で、おれをさんざん罵《ののし》ったよ。善人面して、陰でひどいことをして、『第三の男』じゃあるまいしと。おれを、ハリー・ライム級の悪党にしやがった」

「ああ、なるほど」

月村は、マスターの気持ちがすぐに腑《ふ》に落ちた。

映画『第三の男』は、月村が好きなイギリスの作家、グレアム・グリーンが原作と脚本を書いている。映画は、映画史に燦然《さんぜん》と輝く大傑作になったが、原作のほうはじつはさほどでもない。グリーンにしては失敗作に近いだろう。映画の有名なラストシーンと違って、原作はハッピーエンドになるところも、「ちょっとなあ」という感じである。

だが、映画『第三の男』を深く味わいたかったら、やはり原作も読んだほうがいい。あの物語に潜む、いちばん重要なテーマは、原作のほうがわかるのだ。

映画のなかで、三文作家のマーチンスは、ペニシリンの横流しをしたかつての親友で、医者のハリー・ライムを責める。有名なウィーンの観覧車の場面である。

ここで、ハリーが言う、

「あの一点が動かなくなったら、一点につき、二万ポンドやると言われたら、そんな金はいらないと言えるのか？」

とか、

「ボルジア家の圧政は、ミケランジェロやダ・ヴィンチ、そしてルネサンスを生んだ。だが、スイス五百年の平和はなにを生んだ？　鳩時計《はと》だとさ」

と言った台詞《せりふ》は、有名である。

だが、この名台詞に隠れて、もっと重要な会話が交わされる。それは、

「お前も昔はカトリックだったよな」

「いまでも信じてるよ。神とか、慈悲とか」

というものである。つまり、悪党ハリーは、神を信じていながら、悪をなすのだ。そこには、神がいるなら、おれを罰してみろという、神の実在を希求する自虐的ともいえる激しい信仰心が表れる。これが、グレアム・グリーンの神髄なのだ。

「大間木さんは、ハリー・ライムとは反対だ」

と、月村は言った。

「ぼくは、埋蔵金を奪った罪を償うため、地域医療に必死になったのだ。あの金をもとに、こうして大勢の命を救ってきたのだ」

と、大間木は空を仰ぐように言った。さらには、

「六億五千万。それはすべて、わたしがまとめて平泉にお返しします。それくらいは、税金でとっくに返したとは、思いますがね」

とも言った。

神を信じながら、悪をなす者。罪の意識に苛《さいな》まれつつ、善をなす者。神はどっちを愛するのだろうか。

月村は大間木の顔を見て、なぜかグリーンの『第三の男』の最終行を思い出していた。

それは、こうである。

考えてみれば、我々は皆、哀れなのである。

九

――もしかしたら、芭蕉は埋蔵金を見つけたのではないか。

と、月村は思った。

というのも、芭蕉の有名な句を思い出したからである。

あらたふと青葉若葉の日の光

意味は、「なんと尊いのだ。青葉若葉に射《さ》す日の光は」といったところだろう。これは、日光東照宮を訪ねたときにつくった句として、『おくのほそ道』にも挿入されている。なんといっても、「日光」という文字が入っているし、「あらたふと」も、「二荒《ふたら》」にかけているらしいから、ほかに持って行きようのない句に思える。

だが、研究者によれば、この句は、室《むろ》の八嶋《やしま》で詠んだ「あらたふと木の下闇も日の光」をもとにし、書き換えたのだという。

なにせ『おくのほそ道』は、五年かけてまとめられ、いろんなアイデアやできごとが再構成されているから、その句がどこでできていても不思議はないのだ。

しかも、この句は「日光」や「二荒」のひっかけ具合がくどいし、まるで家康公や東照宮を崇《あが》め奉っているようで、「芭蕉らしくない」と、嫌う人も少なくないらしい。

だが、これが平泉の山のなかで浮かんだものだったとしたら……。

芭蕉は、石川早苗が靴についた砂金の輝きを見つけたときのように、あの埋蔵金を見つけた。しかし、そのことを幕府に報告したとして、誰が得し、誰が幸せになるだろうか。幕府のものにするためには、伊達藩をつぶし、大勢の浪人を出すことになるだろう。では、伊達藩のものにしてやるか。それも藩主の贅沢によって蕩尽《とうじん》されるだけかもしれないではないか。

五百年前の藤原家の栄華を支えた黄金は、次の五百年先へ送り届けてやったほうがいいのではないか。

そう思ったとき、芭蕉の目には、青葉若葉を通した日の光が、さらにきらきらと輝き、まるで金色堂のなかにいるような気がしたのではないか。


月村は、高嶺といっしょにふたたび中尊寺の境内にもどっていた。

平泉総合病院にいた刑事たちも、月村たちとともに病院を後にした。

別れるとき、夕湖は月村に、

「あの急患の金髪の人、誰？」

と、訊いていた。

「作家の田辺惣一郎先生の娘さん。先生といっしょにおくのほそ道の取材に来ていて、この事件ともすれ違ったりしてたんだ」

「ああ。しのぶ文知摺の里でも写真を撮られていたのは、そういうわけね」

夕湖は納得し、

「四人目の犠牲者が出るところを、月村くんのおかげでほんと助かったよ」

と、言った。

「いやあ、ぼくも後味が悪いよ」

「どうして？」

「もし、ひと月くらい前に、〈ウェスト・コースト〉に行っていたら、マスターはたぶん四十年前の調査をぼくに依頼したと思うんだ。いろいろ調べものをしているのは知っていたからね」

「そうなんだ」

「ぼくだったら、あの新聞記事を見つけたら、その後のことまでちゃんと調べ、犯人が捕まったことも報告していたと思うんだ。もし、それをしていたら、石川さんたちは殺されずに済んでいたはずだよ」

「そこまで思ったら、警察官なんか日々、反省でうなだれてなくちゃならないよ。それに時波さんは、がんが進んでいたみたいだし」

夕湖はそう言って、病院から出て行った。いまごろは、東京へもどる新幹線のなかだろうか。

「そろそろバスにもどってください」

川井綾乃の声がした。「おくのほそ道ミステリーツアー」は、そろそろ帰京の時刻だった。

「月村さん」

バスに向かう月村の後ろで声がした。

「ああ、高嶺さん」

胸が苦しいと大騒ぎした高嶺は、いかにも元気そうに立っていた。

「父が早く帰って、感興が高まっているうちにプロットをつくりたいと言うので、ここで帰ることにしました」

「そうですか。お気をつけて」

帰りも高嶺が運転して帰るのだろう。ここから東京までの運転は、さぞかし疲れるはずである。

「はい。あの」

と、恥ずかしげに言い澱んだ。

「ん？」

「また、助手に使ってくださいね」

「どうかなあ」

こんな事件がしょっちゅう起きたら困ってしまう。

高嶺は金髪を風になびかせながら言った。

「ううん。また頑張らせてください、素敵な探偵さん！」

本書は書き下ろしです。

参考文献

『新訂　おくのほそ道』穎原退蔵・尾形仂　訳注　角川文庫
『奥の細道事典』山本さとし　講談社＋α文庫
『謎の旅人　曽良』村松友次　大修館書店
『芭蕉めざめる』光田和伸　青草書房
『芭蕉紀行』嵐山光三郎　新潮文庫
『悪党芭蕉』嵐山光三郎　新潮文庫
『芭蕉はどんな旅をしたのか』金森敦子　晶文社
『第三の男』グレアム・グリーン　小津次郎訳　早川書房

実業之日本社文庫　好評既刊

風野真知雄
月の光のために　大奥同心・村雨広の純心
初恋の幼なじみの娘が将軍の側室に。命を懸けて彼女の身を守り抜く若き同心の活躍！　長編時代書き下ろし、待望のシリーズ第1弾！
か11

風野真知雄
東海道五十三次殺人事件　歴史探偵・月村弘平の事件簿
先祖が八丁堀同心の名探偵・月村弘平が解き明かす、東海道の変死体の謎！　時代書き下ろしの名手が挑む初の現代トラベル・ミステリー！（解説・細谷正充）
か12

風野真知雄
消えた将軍　大奥同心・村雨広の純心２
紀州藩主・徳川吉宗が仕掛ける幼い将軍・家継の暗殺計画に剣豪同心が敢然と立ち向かう！　長編時代書き下ろし、待望のシリーズ第２弾！
か13

風野真知雄
信長・曹操殺人事件　歴史探偵・月村弘平の事件簿
「信長の野望」は三国志の真似だった!?　歴史研究家にしてイケメン探偵・月村弘平が、怪事件を追って日本を走る！　書き下ろし。
か14

風野真知雄
江戸城仰天　大奥同心・村雨広の純心３
将軍・徳川家継の跡目を争う、紀州藩吉宗ら御三家の陰謀に大奥同心・村雨広は必殺の剣「月光」で立ち向うが大奥は戦場に……好評シリーズいよいよ完結!!
か15

井川香四郎
菖蒲侍　江戸人情街道
もうひと花、咲かせてみせる！　花菖蒲を将軍に献上するため命がけの旅へ出る田舎侍の心意気――名手が贈る人情時代小説集！（解説・細谷正充）
い101

実業之日本社文庫　好評既刊

井川香四郎
ふろしき同心　江戸人情裁き
嘘も方便――大ぼら吹きの同心が人情で事件を裁く！　表題作をはじめ、江戸を舞台に繰り広げられる人間模様を描く時代小説集。（解説・細谷正充）
い10 2

井川香四郎
桃太郎姫　もんなか紋三捕物帳
男として育てられた桃太郎姫が、町娘に扮して岡っ引の紋三親分とともに無理難題を解決！　歴史時代作家クラブ賞・シリーズ賞受賞の痛快捕物帳シリーズ。
い10 3

宇江佐真理
おはぐろとんぼ　江戸人情堀物語
堀の水は、微かに潮の匂いがした――薬研堀、八丁堀、夢堀……江戸下町を舞台に、涙とため息の日々に訪れる小さな幸せを描く珠玉作。（解説・遠藤展子）
う2 1

宇江佐真理
酒田さ行ぐさげ　日本橋人情横丁
この町で出会い、あの橋で別れる――お江戸日本橋に集う商人や武士たちの人間模様が心に深い余韻を残す、名手の傑作人情小説集。（解説・島内景二）
う2 2

江上　剛
銀行支店長、走る
メガバンクを陥れた真犯人は誰だ。窓際寸前の支店長と若手女子行員らが改革に乗り出した。行内闘争の行く末を問う経済小説。（解説・村上貴史）
え1 1

江上　剛
退職歓奨
人生にリタイアはない！　あなたにとって企業そして組織とは何だったのか？　五十代後半、八人の前を向く生き方――文庫オリジナル連作集。
え1 2

実業之日本社文庫　好評既刊

実業之日本社文庫　好評既刊

鳥羽 亮
蒼天の坂 剣客旗本奮闘記
敵討ちの助太刀いたす！ 槍の達人との凄絶なる決闘。目付影働き・青井市之介が悪を斬る時代書き下ろしシリーズ、絶好調第3弾。
と23

鳥羽 亮
遠雷の夕 剣客旗本奮闘記
目付影働き・青井市之介が剛剣〝飛猿〟に立ち向かう！ 悪をズバっと斬り裂く稲妻の剣。時代書き下ろしシリーズ、怒涛の第4弾。
と24

鳥羽 亮
怨み河岸 剣客旗本奮闘記
浜町河岸で起こった殺しの背後に黒幕が!? 非役の旗本・青井市之介の正義の剣が冴えわたる、絶好調時代書き下ろしシリーズ第5弾！
と25

鳥羽 亮
稲妻を斬る 剣客旗本奮闘記
非役の旗本・青井市之介が廻船問屋を強請る巨悪の正体に迫る。草薙の剣を遣う強敵との対決の行方は!? 時代書き下ろしシリーズ第6弾！
と26

鳥羽 亮
霞を斬る 剣客旗本奮闘記
非役の旗本・青井市之介は武士たちの急襲に遭い、絶体絶命の危機。最強の敵・霞流しとの対決はいかに。時代書き下ろしシリーズ第7弾！
と27

鳥羽 亮
白狐を斬る 剣客旗本奮闘記
白狐の面を被り、両替屋を襲撃した盗賊・白狐党。非役の旗本・青井市之介は強靭な武士集団に立ち向かう。人気シリーズ第8弾！
と28

実業之日本社文庫　好評既刊

鳥羽 亮
怨霊を斬る 剣客旗本奮闘記
総髪が頬まで覆う牢人。男の稲妻のような斬撃が朋友・糸川を襲う……。殺し屋たちに、非役の旗本・市之介が立ち向かう！　シリーズ第9弾。
と29

鳥羽 亮
妖剣跳る《ようけんおど》 剣客旗本奮闘記
血がたぎり、斬撃がはしる!!　大店を襲撃、千両箱を奪う武士集団・憂国党。市之介たちは奴らを探るも、逆襲を受ける。死闘の結末は!?　人気シリーズ第10弾。
と210

鳥羽 亮
くらまし奇剣 剣客旗本奮闘記
日本橋の呉服屋が大金を脅しとられた。非役の旗本・市之介は探索にあたるも…。大店への脅迫、斬殺される武士、二刀遣いの強敵。大人気シリーズ第11弾！
と211

知念実希人
仮面病棟
拳銃で撃たれた女を連れて、ピエロ男が病院に籠城。怒濤のドンデン返しの連続。一気読み必至の医療サスペンス、文庫書き下ろし！（解説・法月綸太郎）
ち11

知念実希人
時限病棟
目覚めると、ベッドで点滴を受けていた。なぜこんな場所にいるのか？　ピエロからのミッション、ふたつの死の謎…。『仮面病棟』を凌ぐ衝撃、書き下ろし！
ち12

東野圭吾
雪煙チェイス
殺人の容疑をかけられた青年が、アリバイを証明できる唯一の人物――謎の美人スノーボーダーを追う。どんでん返し連続の痛快ノンストップ・ミステリー！
ひ13

実業之日本社文庫 か16

「おくのほそ道《みち》」殺人《さつじん》事件《じけん》 歴史《れきし》探偵《たんてい》・月村弘平《つきむらこうへい》の事件簿《じけんぼ》

2017年4月15日 初版第1刷発行

著　者 風野真知雄《かぜのまちお》

発行者 岩野裕一
発行所 株式会社実業之日本社
〒153-0044 東京都目黒区大橋 1-5-1
クロスエアタワー 8 階
電話 [編集]03(6809)0473 [販売]03(6809)0495
ホームページ http://www.j-n.co.jp/
ＤＴＰ 株式会社ラッシュ
印刷所 大日本印刷株式会社
製本所 大日本印刷株式会社

フォーマットデザイン 鈴木正道(Suzuki Design)

ISBN978-4-408-55327-6（第二文芸）